講談社文庫

五分後にホロリと江戸人情

風野真知雄 ほか

講談社

目次

吉森大祐

岡本さとる

本文イラスト／三木謙次

酒日和――吉森大祐

甚三郎《じんざぶろう》は重い足を引きずって、神田講談町《かんだこうだんちょう》の保呂里《ほろり》長屋まで帰ってきた。

仕事あがりに、長屋の向かいにある居酒屋『煮売屋《にうりや》』に寄るのが常だったが、今日は断られてしまった。

「こっちも商売だ。半年もカネを払ってねえ客に売る酒はねえや」

オヤジは言った。

「――ここンところの酒の高騰《ねあがり》で、一合を八文《やもん》にさせてもらった。すまねえな」

江戸市中の居酒屋において最も安い『中汲《なかく》み』は、一合四文《しもん》と決まっていた。

酒はこなから（二合半）で注文するから、いままで十文だった酒が二十文に騰《あが》ったことになる。

「ちっ」

甚三郎は、大きな舌打ちをしたが、暴れたりはしなかった。

するとオヤジは、ほっとしたのか、急に申し訳なさそうな顔をする。

「悪く思わねえでくれよ。またカネができたら、来てくんな」

元が貧乏人相手の居酒屋である。その居酒屋から断られるのだから、よっぽどのことだろう。

(いつの間に、おいらの暮らしは、こんなふうになっちまったンだろう)

甚三郎は考える——。

若い頃の甚三郎は、評判のいい駕籠《かご》舁《か》きだった。体力に任せてひとの何倍も稼ぎ、毎日元気に酒を呑《の》んでは遊んでいた。女房も子供もいて楽しかった。

(あの頃は、よかったな——)

だが、年を取って足腰が痛むようになると、それまでのようには稼げなくなった。

それでもしばらくは意地を張って駕籠を担いでいたが、ある日親方に、甚三郎さん、潮時だよ、と引導を渡されてしまった。

好きな仕事を失って自棄《やけ》になった甚三郎は家で暴れるようになり、それに嫌気がさした女房は、息子を連れて逃げてしまった。

今でも、ときどき思い出す。

なぜあのとき、おいらは女房に優しくできなかったのか。

亭主が仕事をなくして実入りを失えば、つらい思いをするのは女房だ。女房は、外《そと》見《み》は悪いが心根《こころね》の優しい、信ずるに足る女だった。なぜあのとき、あいつに言われたとおり、自分が出来る仕事と向き合ってコツコツとやらなかったのか。

だから、こんなふうになっちまったのだ。

(──酒を呑みてぇなあ)

しみじみと、甚三郎は思った。

毎日、居酒屋で呑む僅《わず》か二合半の安酒だったが、甚三郎にとっては、ああ、今日も生き延びたな、と自分に問いかける大事な一杯だったのだ。

満たされぬ気持ちで、保呂里長屋の路地に入る──。

すると井戸端に、うずくまっている者がいた。

「おい、てめえ、どうしたんでえ?」

甚三郎は思わず声をかけた。

「めんぼくね。すぐに顔ハァ洗って部屋に戻るから、許しタンセ」

訛《なま》りでわかった。隣の三坪に住む助作《すけさく》だった。

助作は奥州二本松《おうしゅうにほんまつ》から出てきた出稼ぎの若者である。

「なんでえ、助作かよ。どうしたンだ」

「はァ、なんも、なんも」

「どうした？　ちょっと見せてみろ」

助作は、顔がぼこぼこに腫れており、目じりから血を流していた。誰かに殴られたらしい。助作はいつも、訛りをからかわれては虐《いじ》められている。

「誰にやられたンだ。コン畜生《ちくしょう》」

甚三郎は叫ぶように言った。

「言え。おいらが、やり返してきてやる！」

だが当の助作はいつもの、のんびりした口調で、

「いやァ、おらが、もたもたしていたモンだからァ」

と言って立ちあがる。

「ほら、しっかりしろよ」

甚三郎は、肩を支えて、助作を部屋に連れて行ってやった。

「ここに座りな。草履《ぞうり》は脱いで――足は自分で洗え」

てきぱきと世話をしながら部屋を見まわす。畳んだ布団と行灯《あんどん》と火鉢。行李《こうり》はあるが簞笥《たんす》はない。絵にかいたような独身《ひとりみ》の男の部屋だった。

「どうやら食うモンはなさそうだな。隣の誼《よしみ》で、なンか分けてやりてえところだが、生憎《あいにく》おいらも不如意でなあ。すまねえなあ」

「なんも、なんも。まんずハァ、甚三郎サにゃァいつもお世話になって――。大丈夫だァ」

「大丈夫なもんか、いい若《わけ》ぇモンが」

「いんや、大丈夫――実は、今日は、これがあるンだァ」

助作はそう言うと、ふらふら立ち上がり、土間《タタキ》の奥に置いてあった甕《かめ》を持って来て、甚三郎の目の前に、どん、と置く。

なんだこれ、と首をひねる甚三郎の目の前で、助作は蓋《ふた》をあけた。

「三日前にハァ、仕込んだンだァ」

甘い麴《こうじ》のかおりが、ぷうんと漂ってくる。

「お、おめえ、これは――」

甚三郎は、思わず叫んだ。

「どぶろくじゃァねえかよ!」

するとと助作は、嬉しそうに笑った。

「田舎を思い出して、ちょいと仕込んでやった。こっそりちびちびやろうと思っておったンだが、甚三郎サなら惜しくもね。なンかの縁だ。呑んでいってくなんしょ」

そう言って、いそいそと鍋を持ってきて布巾を張り、柄杓《ひしやく》で酒粕《さけかす》を載せはじめた。濾《こ》された濁り酒が、鍋の中にどーっと溜まっていく。

「へっへっへ。おらの田舎じゃァ、酒は家ごとに仕込むモンだゾイ。江戸者はバカだなァ。酒も味噌も店で買う。そりゃァ、カネがなくなるのも道理だんべぇ」

「あ、ありがとよ。こんな嬉しいことはねえ」

甚三郎は思わず泣きそうな声を出した。

助作は鍋の底にたまった白濁した酒を湯呑に取って甚三郎に手渡す。そして自らも同じものを手に取った。ふたりは目礼して、ぐっと呑み干す――。

「う、旨《うめ》え――」

「ありがてえ言葉だナイ」

「いや本当に旨ぇ。おまえの田舎じゃァ、みんなこんな酒を呑んでいるっていうのか？」

「いんや、家ごとに味が違うナイ。このどぶろく、江戸の水で醸《かも》しているから出来はよぐね。本当はもっといいのを呑ませてぇところだァ」

「なにを言ってるンだ。充分旨ぇじゃねえか。煮売屋の安酒《しもんこなから》は、もっと濁った味がするぜ」

「ふうむ」

助作は唸った。

「そらァきっと、そとから買った中汲みだナイ。江戸の酒の造りはどうも乱暴で、あまりいいモンはなさそうだゾイ」

「江戸は、酒呑みの町だぜ」

「いい酒はハァ、上方から来る諸白《もろはく》だんべえ」

「そりゃ、そうだが」

「諸白はだいたい一合が二十五文から三十文——。確かにそれぐらい出せば、旨い酒が飲める。だけんど、わしら貧乏人にゃァ、一合三十文はいかにも高いナイ。やっぱり、わしらは、四文、八文で呑める中汲みだァ」

諸白というのは、清酒のことである。

上方の灘《なだ》、伊丹《いたみ》、伏見《ふしみ》といった産地の酒蔵で醸され、樽廻船で江戸に送られる。いわゆる『下り酒』という奴で、品質は他の地域のものを圧倒していた。透《す》き通っていて切れが良く、どんな料理にも合う。料亭や割烹、吉原《よしわら》遊郭の引手茶屋、歌舞伎座《かぶきざ》の芝居茶屋などで出される酒がこれであった。

いっぽう下町の居酒屋で出される安酒の代表が『中汲み』である。どぶろくを、そのまま置いて澱《おり》を沈殿させ、上澄《うわず》みと澱の間を汲んだもので、諸白の四分の一から五分の一の値段で呑める。製法は非常に簡単で、昔は店ごとに自家製造していた。最近では郊外の農家が一括生産して市中の居酒屋に卸している。

「いや、こりゃア、江戸じゃなかなかお目にかかれねえ味だよ。てえしたもんだ」

「そったらこと言われりゃ、恥《おしよ》しいけんど嬉しいのぉ。仕事の合間にまた醸してやるべ」

これをきっかけに、助作と甚三郎は毎日一緒に酒を呑むようになった。

どぶろくの味は仕込むたびに異なり、毎日変化する。それも楽しかった。助作は、こんな田舎芸はなんでもねえ、と誇らぬが、その腕も知識も相当なものである――。

「この酒は五日目だから、泡がしこたま出ているノウ。これを呑むのもオツなモンだわい」

「ほう、そういうものなのか」

「コメは三日で酒になるが、そのあと発酵《つか》って泡が出る――。しゅわしゅわしたのど越しを楽しむのもええもんじゃ。このとき、動かしてはダメだんべ」

ふたりは一日の肉体労働のあと、あれこれと話をしながら酒を呑んだ。

酒は不思議だ。

いつもは言えない素直な言葉が、するすると出てくる。

ふたりは仕事の愚痴やこれまでのこと、家族の話など、いままで話していなかったようなことも話すようになった。

そして甚三郎は、助作のことを深く知るようになるほどに、いろいろと考え込むようになった。助作は雇われの棒手振《ぼてふ》りで、甚三郎と同じく日雇いに毛が生えたような仕事をしている。

(こんな暮らし――。おいらはいいが、助作はこのままでいいものか)

助作は若くて、先は長い。

それに、

(女房が連れていった息子も、生きてりゃア、助作ぐらいの年になる)

このことであった。

甚三郎は、助作と呑んだ夜、寝床でよく息子のことを思い出すようになった。今はどうしているのだろう。言い争う甚三郎と女房を、部屋の隅で怯《おび》えるような目つきで見ていた幼い息子の顔。なんとかわいそうなことをしたことか。

（オヤジらしいことは何もやってやれなかった。罪滅ぼしというわけでもあるまいが、今度は、野郎のために何かできることがあるんじゃァねえか――）

そんなふうに思うと、いてもたってもいられない気持ちになるのである。

助作は、毎朝長屋の路地へ出て、もたもたと笠やら天秤棒やらを準備して行商の元締めのところへ出かけていく。一日商材《タネ》を担いで、声をからして売って歩いて、月に千文にもなるまい。

その日暮らしを続けていくだけならいいが、若ぇモンが細々とでも何かしらの明日を作ろうと思ったら、このままではダメだろう。

ある日、甚三郎は昼の煮売屋にふらっと入っていった。

「ごめんよ――」

「おや、甚三郎さん。久しぶりだね」

オヤジが出てきた。

煮売屋は貧乏人相手の店ではあるが繁盛しており、のれん分けした弟子が入谷《いりや》に店を出している。このオヤジ、商売人としちゃァしっかりしているのだ。

「いつかは、剣突《けんつく》をくらわせて、悪かったな。カネはできたかい？」

「いや――まだだ」

「そうかい。こっちも商売なもンで、悪《わり》いなあ」

「いや、そりゃァ、あたり前《めえ》だ」

甚三郎の殊勝な表情を見て、オヤジは困ったように笑う。

「いいよ、いいよ。こっちも最初《はな》っから貧乏人相手の商売だ。今はまだ店を開ける前の時間さ。おいらのオゴリで、一杯《いっぺえ》呑んで行ってくんな」

「いや、違うんだ」

甚三郎は言った。

「今日は、おいらのことじゃァねえンだ。オヤジ、一生の頼みがある。願いを聞いちゃくれねえか」

「おいおい待ってくれよ。改まってなんだよ。こっちも江戸っ子だ。頭を下げられちゃァ聞かねぇわけにいかねぇじゃねえかよ」

「おいらの長屋の隣に、田舎者のモタモタした若ぇ奴がいる。そいつを雇ってほしいンだ」

「田舎者のモタモタした若ぇ奴？　そンなモンが、どう役に立つってンだい？」

「こいつ、バカだが、どぶろくを醸す腕が凄《すげ》えンだ。ろくに口も利けねえような不器用な男だが、悪いことをするようなタマじゃあねえ。真ッ正直できれいな男だよ。この面《つら》に免じて、この店で酒を作らせてやってくれまいか。あンたンところの中汲みは手前仕込みじゃァねえんだろう」

「確かに、今はそとから買っているがね」

　オヤジは思案顔をした。甚三郎はその機を逃さず、さっとその場に土下座して頭を下げる。

「たのむ、頼むよ！」

「甚三郎さん――困ったなあ。頭をあげてくれよ」

　こうして甚三郎は、煮売屋に助作を雇うことを認めさせてしまった。

　そしてその夜、保呂里長屋の三坪で、甚三郎は助作に言った。

「――助作、いつも、どぶろくを呑ませてくれてありがとよ。だが、もういいぜ」

「え？　なんで」

「てめえは明日から、煮売屋で酒を造れ。棒手振りよりずっと給金がいい。それに、商売の仕方を覚えることだってできる。そうすればいつか、てめえの店を持つことだって夢じゃァねえんだぜ」

「甚三郎さん」

「いいか、よく聞け。若ぇときはわからねえかもしれねえが、浮世ってぇもんは年を取るほど厳しくなるように出来てやがるんだ。おいらはバカだったから、そのことにずっと気付かなかった。気付いた時には遅かったンだ。若ぇうちにこそ、今日より明日、明日よりも明後日を見据えて、やれることをやっておかなくちゃいけねえ」

こうして甚三郎は、無理やり助作を煮売屋の台所に押し込んでしまった。

一月《ひとつき》後のことだ。

その日、甚三郎が貰った日雇いの仕事場は、洲崎《すさき》だった。海風が吹き付ける普請場《ふしんば》で重い石を喘《あえ》ぐように運ぶ現場である。一日働いて、泥と潮にまみれ、へとへとになった甚三郎は、のろのろと神田講談町まで帰ってきた。

薄暗くなってきた町並みに、煮売屋のあかりが浮かんで見えた。

開け放たれた店先から明るい店内が見え、町人たちが集まってそれぞれ酒を囲んでいる。

（ああ——あかりに照らされた酒場の雰囲気ってえのは、しあわせなモンだな）

つくづくと、そう思った。

だが自分は今、あの光の中でみんなと笑い合うような資格があるようには思えなかった。自分は、駄目な人生を送って無駄に年をとってしまった男だ。

奥の台所で、必死に働いている助作の姿が見える。

（頑張れよ）

甚三郎は思った。

助作は、無理やり煮売屋に自分を売り込んでしまったおいらを、どう思っているのだろうか。もしかしたら、恨んでいるかもしれない。

（まあ、そうならそうで、しかたがないさ——）

ひとりよろよろと、保呂里長屋に帰る。

すると、なぜか、部屋に小さなあかりがついていた。

「なんだ？」

甚三郎は不審に思い、警戒しながら引き戸を開ける。するとそこには、助作と同じような年格好の若者が座っていた。安物だがきちっと洗った着物を身に着け、月代《さかやき》をきれいに剃《そ》っている。

「オヤジ——」

「え？」

甚三郎はうろたえた。

「おいらの記憶《アタマ》ン中にいるあんたは、巌《いわ》のような体つきの鬼みてえな巨漢だったが、なんでえ、骸骨みてえな老いぼれじゃァねえか。この部屋もそうだ。ずいぶんと狭《せめ》ぇな——」

そして若者は、甚三郎を睨《にら》んで、こう言った。

「おいらはあんたなんざどうでもいいンだが、おふくろがあんまり言うので来た。おふくろは、いつもあんたのことを思い出しては、大丈夫だろうか、無事だろうかと心配している。あんた、おふくろに会う気はあるかい」

甚三郎は、それを聞いて、胸を突かれた。

「う」

そう唸り、その場に、どっかと座ってしまう。

答えは決まっていた。

何度も機会を逃しては、失敗をして生きてきた。

だからわかるのだ。

女房に会い、過去を詫《わ》びねばダメだ。

元に戻れるとは思わない。甘い考えなどはない。ただ今、このときに、ちゃんとやるべきことをやり、言うべきことを言わねば、きっとまた後悔する。

だが言葉が出ない。すっかり大人になった息子の、鋭く精悍な顔を見て、言葉が出ない。――怖いのだ。

どうすれば、このこんがらがった気持ちを、素直な言葉にできるものか。

ふと見ると、土間に、大きな徳利が置いてあり、紙が貼ってあった。

そこには下手くそなひらがなで、こう書いてある。

じんさん　おらの　さけ　のんで　くなんしょ

「てめえ」

甚三郎は、救いを求めるように言った。

「てめえ、酒の味はわかるのか」

あまやどり――吉森大祐

雨が降ってきた。

このみは、神田講談町《かんだこうだんちょう》の角にある水茶屋の縁台に座って、保呂里《ほろり》長屋の路地を見ていた。

奉公先である今戸橋《いまどばし》の料亭『不二楼《ふじろう》』からここまで帰ってきたのに、いざ長屋の路地を見たら、足がすくんで動けない。

(あたしの顔を見たら、おばさんは、なんて言うのだろ)

このみは考えた。

(まさかあたしがここまで帰ってきているなんて、夢にも思っていないのだろうな)

長屋に住む、おばのきよの顔を思い出す。

きよはかつて、薬研堀《やげんぼり》出合いの元柳橋《もとやなぎばし》で『庭津亭《にわつてい》』という大きな料亭の女将《おかみ》をしていたひとで、他人《ひと》に騙《だま》されて借金を背負い、保呂里長屋に流れてきた。今は近所の娘に行儀を教えながら独りで暮らしている。

このみは、幼い頃に両親を亡くし、このきよに引き取られた。きよは、苦労したとも思えぬ優しく朗らかな女性で、愛情をこめてこのみを育ててくれた。今日もきっと顔を出せば、あの包み込むような笑顔で迎えてくれるに違いない。

だが、なぜだろう。

いざ帰ろうとすると、足がすくんで動かない。

ごろごろごろ、と雷が鳴る。

雨あしが、ざっと強くなって、茶屋の杉板の屋根を激しく叩いた。

このみは自分の手をじっと見る。すり傷だらけの手だった。このみが不二楼の奉公に出たのは、ほんの一年ちょっと前である。わずか一年で、この手はすっかり傷だらけになってしまった——。

一年前の、ある日のことだ。

おばさんの昔の使用人だったという三十がらみの女性が長屋を訪ねてきた。でっぷりと太った三白眼《さんぱくがん》の、少し怖そうな人だった。

「今戸の不二楼さんが娘奉公を探しているそうです。滅多にない機会だから、姪《めい》ごさんを世話させていただけませんでしょうかね」

それを聞いたおばさんは戸惑うように答える。

「この子は、何も知らない子だから――」

その顔つきを、今もはっきりと覚えている。

おばさんはこのみを奉公に出すつもりはなく、そのまま手元において、十五か十六になれば良縁を探そうと考えていたのだ。

「女将さん、またそんなことを言って。もう昔のように安穏と暮らせるお立場でもないでしょう。行儀ごとを教えていると言ったって、こんな長屋では実入りが多いとも思えません。あたしども昔の使用人は、今でも女将さんのことを気にかけているのですよ」

ずけずけとしたモノの言い方だった。

「おカネがないのに姪っ子を預かって育てているなんて、さぞ大変だろうと皆で話していたのです。しかも聞けば、いろんな習い事の月謝を払っているというではありませんか。お嫁に出すのはいいとして、そのあと、ひとりになった女将さんはどう立ちゆくのですか」

「千代枝《ちよえ》さん、言葉が過ぎますよ。この子は我が子も同じ。わたくしの生きがいなのですから」

おばさんは堂々と胸を張り、そのひとを窘《たしな》めた。

「それにね、この長屋はとても暮らしやすいのです。大家さんも、ご近所さんもいい人ばかり。満足していますよ」

しかし、千代枝と呼ばれたそのひとは、諦めなかった。

「女将さん、あたしどもの気持ちも汲んでくださいまし。相手は不二楼さんですよ。そこに姪を出すというのは名誉なことですし、先方とのつなぎもできます。女将さんにとってもいいことに違いありません」

「あたしにとって？」

「そうです。女将さんは、あの薬研堀庭津亭の商売を切り盛りしていたお方です。悪い筋に目をつけられて借金を背負う羽目になりましたが、その手腕《うで》に間違いはありません。ほとぼりが冷めれば女将に迎えて商売を立て直そうと考える店主《みせぬし》はいくらでもありましょう。そのときにきっとこのご縁は役立ちます。早く商売に戻って、あたしどもを呼び戻してくださいな」

そして、おばの後ろにちんまりと控えていたこのみを、睨むようにして言った。

「あなた様も女将さんが優しいのをいいことに、いつまでも甘えていてはいけませんよ。長屋の子供は、十《とお》になれば奉公に出るものです。今のあなたは料亭のお嬢様ではないのですから」

「――はあ」

「いつまでも子供でもないでしょう。世に出て働き、女将さんのお力になりたいとは思いませんか」

「それはもちろん」

「不二楼さんといえば江戸でも一流です。格式のある店で働けば、料亭の商売の仕様《しざま》も自然に覚えようというもの。もしあなた様がしっかり修業なさって一人前になれば、どれだけ女将さんにとっていいか――」

厳しい言い方だったが、その言葉は、幼いこのみの胸に、どん、と響いた。

「あたしが、商売を――」

「そうです。あなた様はお若い。いくらでも明日を創ることができる年ではありませんか。嫁に行って、そのあたりの長屋の女房に収まることだけが、女の生きる道ではありませんよ」

「あ」

このみは、驚いた。

千代枝は、きよに、

「――女将さん。どうか、よっくとお考え下さい。あたしのほうから先方に話を通しておきます。三日のうちに、また参ります。そのときにお返事を」

と言って帰っていった。

その夜、このみは、きよに言った。

「おばさん、あたし、奉公に行きます」

なにか急に、目の前に新しい世界への扉が開かれたような気がした。

かつて女将として颯爽《さっそう》と働いていたきよへの憧れもある。自分も、おばさんみたいな素敵な女性になれるかもしれない――。

「なにを言うのですか」

きよは、あきれたように言った。

「あの人は、自分が不二楼さんとのつなぎが欲しいからあんなことを言うのです。身元のはっきりした娘なんて、なかなかいませんからね。あなたが、そんなものに乗っかる必要はまったくないのですよ。世に出て働くというのは、そんなに甘いことではありません」

「でも、おばさん。あたし、働いてみたいの」

めずらしくふたりは、言い争いをした。

そしてきよは、一晩じっくりと考えたあげく、こう言ってくれた。

「もし、あなたが本当にやりたいと思うのであれば、いい機会かもしれないね。女が世間様に出て仕事をするということは苦労も多いけれど、それなりに手ごたえもあるものです――。頑張りなさい」

このみが奉公に出る――その噂《うわさ》はすぐに長屋じゅうにひろがった。

「大丈夫なのか？」

心配そうに言ったのは、奥の部屋に住む錺《かざり》職人の源蔵《げんぞう》の息子、文治郎《ぶんじろう》である。

文治郎は六人兄妹《きょうだい》の長男で、幼い頃はいつも、弟、妹、それに長屋の子供たちを引き連れて近所を駆け回って遊んでいた。このときすでに大工の辰吉《たつきち》さんの紹介で稲荷町《いなりちょう》の親方のところに通い奉公をはじめている。

「おまえみたいな甘ちゃんに、女中奉公が勤まるものか」

文治郎は決めつけるような口ぶりで言った。

文治郎は乱暴者のガキ大将だったが、いざ隣町との喧嘩《けんか》になれば、町内の子供たちを守るだけの腕っぷしと度胸を持った兄貴肌の少年だった。このみも、別の町の年上の子に意地悪をされたときに助けてもらったことがある。

そんな文治郎は、十二の年で奉公に出るようになると、急に大人びた。

体が一回り大きくなり、大人たちに交じって莨《たばこ》や酒の席に出ることもあるのか、近くに寄ると大人の匂いがして驚くことがある。

そして、明らかに、このみに優しくなった――。

辰吉さんの奥さんの弥津《やつ》さんが、からかい気味に、こう言ったことがある。

「文治郎ちゃんは、きっと、このみちゃんのことが好きなのね」

「うそ――。そんなわけないよ」

このみは真っ赤になって、手を振った。

文治郎はどこまでも幼馴染《おさななじみ》で、頼りになる兄のような存在である。

「大丈夫よ、文治郎にいちゃん」

このみは、薄い胸を張った。

「しっかり奉公して、うんと稼いで、おばさんに楽してもらう」

「そんなに簡単にいくもんか」

文治郎は吐き捨てるように言う。

「泣き虫のお前が、料亭で大人の相手をしなくちゃならないんだぜ。なんだか頼りねエよ」

「あたしも、もうすぐ十二になるんだよ。いつまでも子供みたいにしてられないわ」

文治郎は、それを聞くと不満そうな顔つきになったが、このみの意思が固いことがわかると、ふと優しい目をして、

「無理するなよ、このみ」

と、言った。

「つらくなったら、いつでも戻って来い。おいらが面倒を見てやる」

それを聞いてこのみは、自分の頬が、さっと火照《ほて》るのがわかった。

それって、どういう意味なのだろう。

頭をあげて文治郎の顔を見ると、憎体《にくてい》な顔つきで唇をツンと尖《とが》らせ、そっぽをむいていた。

――そんな一年前の出来事を、このみは、思い出していた。

ほんの少し前なのに、ずいぶんと時が経ってしまったような気がした。

（なんでこんなふうになっちゃったのかな）

このみは思った。

不二楼での仕事は、想像していたよりもずっときつかった。

朝は七つ半（午前五時）には起き、冬は炭入れ、夏は水打ち。昼まえには座敷の掃除をして、五百坪はあろうかという庭の手入れをする。夜ともなれば、お客様の御案内や給仕。お客様が女性を所望すれば、置屋までの手紙を届け、ときには吉原《よしわら》への駕《か》籠《ご》の手配までする。

慣れないこのみは、すべてに右往左往して失敗ばかりだった。座布団ひとつ手配するにしても、どこの納戸にしまってあるかがわからない。置屋さんまで手紙を届けてと言われても、店の誰に渡せばいいのかわからない。誰も教えてくれない。先輩がたの背中を見て覚えるしかないのだ。

年増の女中たちは言った。

「もたもたしているねえ。庭津亭の縁者だと聞いたけど、どんな育ち方をしてきたものだか」

「ほら、てきぱきと動くのだよ。そんなところにいたのでは邪魔じゃァないかね」

失敗を咎《とが》められると手足がすくんで、当たり前のこともできなくなっていく。

(あたしは、いったい、なにをやっているのだろう)

何度もそう思った。

仕事を覚えておばさんの役に立ちたいと思っていたのに、なにをやってもうまく行かない。右も左もわからないとは、このことだ。

そして、その戸惑いのようなものは、半年たっても、一年たっても、消えなかった。

(あたし、商売には向いていないのかな)

少しずつ、必死でものごとを覚えてきたつもりだった——。

だが昨日の夜、寝る前に、年上の女中にこう言われた。

「あんたもそろそろ、しっかりおしよ。誰もあんたを取って食おうとしちゃいない。みんな、叱られながら仕事を覚えていくものなんだ。それをいちいちへこたれていたんじゃァ迷惑だ。そろそろ独り立ちしな。手間のかかる子だねえ、まったく」

それを聞いてこのみは、ああ、だめだ、と思った。

こんなに頑張って、だんだんとできることも増えてきたと思っていたのに、誰も見てくれていなかったのだ。

その夜、女中部屋で眠れず、一人で真っ暗な天井を眺めていたら、突然足元から、虚《むな》しさや恥ずかしさ、それに悔しさのようなものが一緒くたになって、体を這《は》うようにあがってきて、身動きが取れなくなってしまった。

(帰りたいな――。おうちの布団で、眠りたい……)

このみは、思った。

誰かに会いたい。

職場《ここ》のひとたち以外の、誰かに会いたい。

その日は朝までまんじりともせず、それでも七つ半になれば起きて働き始めたが、終日心は晴れなかった。

そして夕七つ(午後四時)の鐘の音を聞いたとき、ああ、もうすぐお客様がやってくるな、と思った。今日もまた、あの慌ただしく殺気立った時間がやってくる。

そう思ったら、たまらなくなって、

(嫌だ――。今日、仕事をしたくない)

その一心で店を飛び出し、今戸橋から浅草、下谷《したや》稲荷《いなり》を抜け、神田講談町まで帰ってきてしまったのである。

雨は、降り続いている。

保呂里長屋は目の前だ。

ほら、立ちあがって、あの路地に入り、手前の五坪の引き戸を叩いて、ただいま、と言えばいい。

おばさんは驚いて、どうしたんだいと聞くかもしれないが、なんとでも言い訳はできる。そして、おばさんなら絶対に優しく守ってくれるに違いない。頑張ったね、と言ってくれるかもしれない。

（でも――）

と、このみは思った。

（それが本当に、あたしが望んだことだろうか）

すると、雨だというのに、木戸の屋根の下に一匹の猫がいることに気が付いた。

大家さんの飼い猫のミケだった。

ミケは、雨の中、平然とした顔つきで、まっすぐこちらに歩いてきた。

そして、このみの足元に、ちょこんと座って顔を洗うような仕草をした。

（ミケは、あたしのこと、わかっているのかな）

そう思って頭をなでてやる。

ふと、ミケが顔を上げた。

その視線を追うように見ると――、傘もささずに歩いてくる人影が、雨の中に滲《にじ》むように浮かび上がってきた。

文治郎だった。

つらくなったら戻って来い、というあの時の言葉が、雨音の中に聞こえたような気がした。

「――文治郎にいちゃん」

このみは、小さく呟《つぶや》いて、立ちあがる。

だが、それ以上、足は前には動かなかった。

その表情に、どこか悄然としたものを感じたからだ。

文治郎は、会わなかった一年の分だけ背が伸びて、顎《あご》から肩の線が逞《たくま》しくなっていた。だがその表情は、心ここにあらずという様子で頬がくぼみ、口元が唾でも吐きそうに不機嫌に歪《ゆが》んで見えた。

雨に打たれたまま、重い足をひきずるように歩いている。

見たこともない、荒《すさ》んだ姿だった。

文治郎は、こちらの視線には気が付かない。

ひとり、保呂里長屋の路地の前に立ち、空を見上げた。

雨は、ますます強い。

文治郎はびしょぬれのまま、重く垂れ込めた雲をしばらく見ていたが、やがて、ほう——っと、体が萎《しぼ》むほどのため息をついた。

そして、その反動で、大きく息を吸うと、

「はっ」

と気合を入れて、胸を張り、ぱんぱんと自分の顔を叩いた。

驚いた。

顔をあげた文治郎は、お日様のような明るい笑顔を浮かべていたのだ。

そして胸を張って、人が変わったような大股で、元気に長屋の路地に入っていった。

耳を澄まして聞いていると、文治郎の、明るい声が聞こえた。

「ただいま！　兄ちゃんが仕事から帰ったぞ」

わっ、と文治郎の弟や妹の歓声が聞こえる。文治郎のまわりに、わっと集まる弟や妹たちの笑顔が、目に浮かぶような気がした。

「ほら、親方から土産《みやげ》をもらったぞ。ひとりひとつだ」
そんな声も聞こえた。
それを聞いて、このみは、すとん、と茶屋の縁台に座った。
(――――)
言葉を失い、じっと、足元のミケを見る。
ミケは、長屋に帰らないのかい、という顔つきでこのみの顔を見上げていた。
「ごめんね、ミケ。あたし、今日は帰らない。今戸の不二楼に戻らなくちゃ」
このみは呟いた。
このみは立ちあがり、雨の講談町を、子《ね》(北)に向かって歩き始める。
神田から、下谷へ。そして、浅草へ。
雷がまたごろごろと鳴って、見送るミケが、みゃあ、と短く鳴いた。

与三の水——吉森大祐

熊吉《くまきち》は、保呂里《ほろり》長屋に住む表情の昏《くら》い子供で、今年で八歳だった。近所の子供たちと一緒に路地から路地へ走り回るような遊び方は苦手で、なにをするにものろまな性分であり、自然と一人でいることが多い。

そんな熊吉に声をかけ、話し相手になっていたのが与三《よざ》である。

与三は、もう七十を超えた老人で、奥の五坪に孫夫婦と住んでいる。皺《しわ》だらけの顔は歪んでいて、歯が上下あわせて五本しかない。

「熊吉——、あんた、あんなジイさんと遊ぶンじゃないよ」

熊吉はよく、母親に叱られた。

だが、熊吉には、なぜ母親がそんなことを言うのかわからなかった。

与三は確かに得体の知れない年寄りだったが、他の大人たちと違って、決して熊吉のやることを叱ったりはしなかった。

熊吉は、長屋裏と板塀に挟まれた薄暗い場所が好きだった。よくそんな場所で蟻《あり》の穴を掘ったり、縁の下のコオロギや鈴虫を捕まえたりしていた。大人たちが嫌がるそんな熊吉の性分を、与三だけは面白がってくれた。

「てめえは、優しいガキだの。そんな小さな虫が好きだなんてなァ。悪戯《いたずら》ばかりしているその辺のガキどもとは出来が違う」

与三は、コオロギや鈴虫が、好事家《こうずか》の間では高値で取り引きされることもあるのだと教えてくれた。

「好きなことをやりな——。虫が好きなら、その道で生きることもできる」

そう言われると、叱られてばかりでいじけて育った熊吉の心に、ぽっと小さな灯りがともるのだった。

長屋のひとびとは、のろまではっきりと口をきかない子供と、得体の知れぬ老人が一緒にいることを、決して良い目では見なかった。

熊吉の母親は与三を見つけると、厳しい口調で文句を言った。

「ちょっとジイさん、ウチの熊吉を連れまわさないでおくれよ。ただでさえデキの悪い子なんだ。あんたみたいになったら困るんだよ」

それを聞くと与三は、肩をすくめ、熊吉の目を見て、

「てめえの母ちゃん、怖《こえ》ぇなあ」

と骸骨《しゃれこうべ》の口が開いたような笑みを浮かべるのだった。

そんな与三が倒れたのは、夏のことだった。

咳が出て苦しそうな様子が数日続き、ついに高熱を出して寝込むことになった。

誰かが病気になったとき、長屋のひとびとの動きは早い。熱を出してうなされてい

る者を素早く寝かせ、女房どもが交代で濡らした手拭いを換える。どっかの家に薬はねえかいと聞いて回って、ないとわかると医者を呼ぶ。

病人が出たときはいつもこうなのだ。

与三と一緒に住んでいる孫娘の弥津《やつ》さんと、婿で大工の辰吉《たつきち》さんが、夜な夜な近所に頭をさげて回っていた。

「いいよ、いいよ、お互い様さ」

「年寄りにゃァ、夏の湿気が苦しかったのかもしれねえなあ」

長屋の人々は口々に言った。

だが、与三の容態は簡単には良くならなかった。

「――ジイさん、いよいよマズイんじゃねえかい?」

「ああ。年が年だからなァ。若《わけ》ぇ頃にだいぶ暴れたってぇ話だ。あの細《ほせ》ぇ体だ。どこかが壊れているのかもしれねえな」

数日たつと、大人たちはそんなことを言うようになった。

この騒ぎの中、熊吉はひとり、いつもの長屋裏の薄暗い場所にしゃがんで蟻の巣を見ていた。そしてふと、いつか与三と隠した絵図のことを思い出した。

(あの絵図――まだあるのかな)

一時期の与三は、よく長屋から姿を消していた。朝のうちは熊吉と遊んだり、よろよろと洗濯をしていたりするのだが、午後になるとどこかへ行き夜まで帰ってこない。どこへ行っているのだろう？　誰も知らなかった。

熊吉の母親は、

「昔の悪い仲間とでも会っているのに違いない。手慰みにでも行っているのかもしれないよ。まったく因業なジイさんを抱えて、弥津さんも辰吉さんも迷惑なことだ」

など悪し様《あざま》に言ったが、そうでもなさそうだった。

行先を聞かれた与三は、

「内緒の場所だよ」

と笑った。

「熊吉――お前にだけは、教えてやってもいいぜ。だが今お前を連れ出すと、また母ちゃんに叱られる。そうさな――」

と、杉板を取り出し、釘でひっかいて絵図を描き、場所を教えてくれた。だが熊吉は説明を聞いてもよくわからなかった。くびを傾げている熊吉を見て与三は、

「いいよ、いいよ。この板はお稲荷様の後ろに隠しておこう。きっといつか、一緒に行こうぜ。へへへ」

と、笑ったのだった。

熊吉は、長屋裏から出て、ひとり、お稲荷様の背中をまさぐった――。

すると、あの時の杉板が出てきた。

だいぶ古くなっているが、釘で描いた絵図はそのままである。ふっと息でホコリを飛ばすと、真ん中に、みやうじんさま、という文字が見えた。みやうじんさま、とは神田明神《かんだみょうじん》のことだ。保呂里長屋がある神田講談町《こうだんちょう》からは、同じ神田のうちである。

(この場所に、行ってみよう)

熊吉は、思った。

まだ小さな子供の熊吉にとって、住み慣れた講談町からひとりで外に出るのは、大変なことだった。

だが、行かねば、と思った。

あのとき与三は、いつか一緒に行こうと言った。だが、こんなことになってしまった。わざわざ絵図を残しておいたのは、こんな日が来て連れて行くことができなくなるのを予感したからかもしれない。そうであれば早くその場を突き止めて、そのことを与三に伝えてやりたい。そう思ったのである。

熊吉は足元を固め、腰には竹筒に井戸の水を詰め、手には杉板を持って、路地から表通りに出た。

八歳の子供にとって大通りは、目が眩《くら》むほどの賑《にぎ》わいである。意を決して足を踏み出す。一歩一歩、住み慣れた保呂里長屋を離れていくのがわかった。

（ちゃんと道を覚えておいて、ひとりで帰らなくちゃならないぞ）

熊吉は緊張していた。

やがて熊吉は、堀筋を何度か越えて、神田明神の丘に近づいた。

神田明神は、神田川の深い谷底から登った山の上に作られた社《やしろ》である。遥か頭上に立派な鳥居が見え、三方から階段や坂道がつけられていた。そしてそこに、へばりつくように料理茶屋や割烹が建てられている。それらの店は多くが三階建てや四階建てで、見上げると、山全体が大きな建物のように見えた。

（う――）

それを見あげて、熊吉はたじろいだ。

「ほら、坊主、あぶねえぞ」

と、荷物を運ぶ大八車が追い抜いて行く。

明神様に参拝する大人たちが、わいわいと参道に向かっている。歩荷《ぼっか》や行商のひともいた。明らかに、熊吉のような子供が来るところではない。

(本当に、ここなのかな。間違っていないかな)

そもそも与三は本当に、こんな場所に熊吉を連れてこようとしていたのだろうか。

色っぽい女たちや、酒の匂いのする料理を出す店——。やっぱり与三は、大人たちが言うとおり、ろくでなしのジジイだったのだろうか。

ひとり、立ち尽くして考える。

(いや——大人たちのほうが、きっと、わかってない)

熊吉は思った。

与三は、コオロギや、鈴虫のことを教えてくれた。

熊吉がバカなことを言っても、笑って優しく説明してくれた。

悪いひとであるわけがない。

(きっと大丈夫だ)

熊吉は、震える足をまた一歩、踏み出した。

神田明神の丘を登る急な階段に近づき、一段目に足をかける——。何か、とんでもなく悪いことをしているような気がした。顔をあげると、遊び人らしき若い衆が、派手な着物をきた女のひとの肩を抱いて歩いている。熊吉の背丈は、まわりの大人たちの腰ほどしかない。両側にそそり立つ茶屋の建物が、まるで迫りくる壁のように思えた。

　階段の途中で、杉板の地図を見る。

　このあたりに、右手《めて》に折れる道があるはずだった。

（どこだろう）

　熊吉は、道を探す。すると、茶屋と茶屋の間に、ひとがひとり歩けるほどの隙間があるのが見えた。

（あそこかな）

　熊吉は不安になった。だが釘で描いた地図には、三十ダンメとあり、そこは確かに、三十段目あたりである。

　熊吉は、拳を固めて、そこに入りこんだ。両側の高い建物に挟まれた回廊のような場所だった。急に空気がひんやりして恐ろしかった。参道の賑わいと対照的に、静まりかえっている。

　しばらく暗い路地を歩いていく――。

　すると突然、建物が途切れ、目の前が光で満たされた。

「うわあ――」

　それは、神田山の崖の途中の、棚のような場所だった。

熊吉は周囲を見回した。

そこは明るい緑に囲まれており、真っ青な空からは、お日様の光がさんさんと降り注いでいる。柔らかい萌黄色の草が生え、小さくて可憐な花が咲き乱れていた。そしてその花々には、白や黄色の蝶々がひらひらと舞っている。

思わず熊吉は杉板の絵図を取り出してもう一度見た。

「ここだ……」

熊吉は、呟いた。

見ると、眼下に江戸の町屋の屋根が連なっており、遠くに大川《おおかわ》（隅田川《すみだがわ》）が横たわっている。真っ青な空には、薄い絹玉を投げたような巻雲が浮かんでいて、その向こうは海（江戸湾）であった。

その景色に、思わず見惚《みと》れる。

不思議な場所だった。

周囲を見回すと、この路地以外にこの場所に至る道はないようだった。背後は神田山の崖で、目の前はすっぱり切り落ちている。奥は深い藪《やぶ》で行き止まりになっていて、その向こうは武家屋敷のようだ。

熊吉はその陽だまりに座りこむ——。

（与三ジイはいつも、ひとりで姿を消して、ここにいたのか──）

なんていい場所なのだろう。

しばらく熊吉は、鳥の声や、風に乗って聞こえてくる料亭の三味線の音や笑い声、かさかさという葉擦れの音を聞いていた。

そして、ある音に気が付いた。

それは、水が流れる音だった。

最初は、どこかの店が流す下水かと思った。

だが違う──。ふりかえると神田山の崖の途中から、清らかな湧水《わきみず》が、さらさらとこぼれている。それは、ほんの小さな、糸のような水の流れだった。

熊吉は立ちあがって崖に近づき、そっと触った。冷たい。手に取って呑む。違う。長屋の井戸水とは全然違う味がする──。

そもそも江戸は、大河の河口の干潟を埋め立てて造った土地で、水には恵まれていない。夏には市中に『水売り』が出るほど水が不味《まず》い土地柄なのだ。下町の水の多くは、神田上水、玉川《たまがわ》上水といった『水道』で遠く郊外から供給されている。保呂里長屋も同様で、熊吉は、ふだんは長屋の上水井戸を沸かして呑んでいた。

（こんな、おいしい水──呑んだことがない）

熊吉は思った。

思えばここは『お茶の水』と呼ばれる駿河台《するがだい》湧水の近くである。これも同じ水系なのだろう。だが、このときの熊吉にそんな知識はなく、ただ、なんて爽やかな水なのだろうと思っただけだった。

熊吉は竹筒の中身の水を捨て、その崖の途中の水を根気よく汲《く》んだ。

そしてそれを腰にさげると、神田山を下りた。

保呂里長屋に戻ったのは夕方だった。路地に入ると、大人たちが与三の部屋に集まっていた。引き戸は開け放たれ、外までひとが溢《あふ》れている。

巨漢の甚三郎《じんざぶろう》さんや路地口の五坪に住むきよさんが、心配そうに立ち話をしていた。

熊吉がいつものむっつりした顔つきで近づくと、一番外にいた錺《かざり》職人の源蔵《げんぞう》さんが、

「――いよいよだぜ」

と言った。

「残念だが、もともと、いつクタばるか分からねえヨロヨロのジジイだった。仕方が

ねえさ。年寄りから死んでいくのも世の倣《なら》いだ――」

それを聞いて熊吉は、大人たちを押しのけて、無理やり部屋に入った。

奥には布団に与三が寝かされている。顔は土気色で、はあはあと苦しそうな呼吸《いき》をしていた。その枕元に医者が沈痛な顔つきで座っており、その横には、孫の弥津、婿の辰吉がいる。

熊吉は、

「与三ジイ！」

と叫んだ。

長屋のみなは、熊吉がこんな大きな声を出せたものかと驚いた。そして、自然と熊吉を前に押し出すような形になった。

与三は、苦しそうな息の下、片目をあけて熊吉が来たことを知ると、骨がらのような手をふらりと持ち上げて、熊吉を招いた。

袖を目に当てていた弥津が、

「熊ちゃん、ここに来てあげて」

と言ってくれた。

熊吉は夢中になって与三の枕元に駆け寄り、いつもの、くぐもった声で、

「こ、これ、呑んで」

と、竹筒を取り出し、それを呑ませた。

すると与三は、

「ああ――、うめえ」

と、かすれた弱い声を出した。

「弥津、すまねえ。熊吉と、ふたりっきりにさせてくんねえ」

それを聞いた大人たちは顔を見合わせたが、最後の力を振り絞った与三の頼みにはあらがえず、ぞろぞろと部屋の外へ出た。

二人きりになると、与三は、熊吉に言った。

「熊――。あの、とっておきの場所は、おめえにやる。こんなジジイと遊んでくれてありがとよ。礼を言うぜ」

苦し気な、あえぐような声だった。

それを聞いて熊吉は、違う、と思った。遊んでもらったのは自分のほうだ。元もと自分は誰にも可愛がられていない、いじけた子供だった。そんな子供と遊んでくれたのは、そっちじゃァないか。

「てめえも、大人になればわかる。大人の男にはな、どこかに、ひとりっきりになれる場所が、必要なんだ。ふと、家からも、仕事からも、友達からも、離れて、ひとりつきりになれる場所がな……」

与三は、とぎれとぎれに言った。

「弥津は、デキた孫娘よ。こんな汚ねえ役立たずを、一緒に住まわせてくれた。婿の辰もなかなかの野郎だ。乱暴だが、情ってもんがあらぁ。だから、おいらは、できるだけ、若ぇ奴らの邪魔になりたくなかった。だが、おいらは憎体《にくてい》な性分で、今さら直せねえ。口を開けば汚ねえ言葉がでてきやがる——。だからせめて、朝から晩まで、外で過ごすようにしていた。そんなおいらにとって、熊吉、てめえは大事な友達だった」

「与三ジイ」

熊吉には与三の言うことの半分もわからなかったが、礼を言われていることだけは分かった。胸が、締め付けられるような思いが満ちてきた。

「こんなジイの、話し相手になってくれてありがとう。だが——」

「なに？」

「そろそろ、薄暗い長屋裏からは、出ろ。あのとっておきの場所があれば、もう大丈夫だろ？　おまえも、他の子と同じように遊んだり、勉強《ならいごと》をしたり、オヤジやおふくろの手伝いをしたり、奉公に行って親方に怒られたりしろ。てめえは不器用だから、つれぇことが、あるかもしれねえ。だが、それがまっとうな人生《いきかた》だろう。つらくなったら、あの場所で、ひとりっきりになって、あの水を、呑め」

「――」

「あの水は、明神様の霊水なんだ。明神様は、商売《しょうべえ》の神様――きっとうまくいくよ。なんでもない虫を捕まえて、根気よく面倒見ることができる。おいらみてぇなジジイにも優しくできる。きっとお前《めえ》には、幸せな明日が待っているさ。おいらが言うんだから、間違いねぇ。信じろ」

「う、うん、信じるよ」

「よし、わかったら、行け――」

与三は、布団から手を出して、しっ、しっ、しっ、と猫を追いやるような仕草をした。そして荒い息を、はあはあとしたあと、疲れたかのように目をつぶる。顔に、汗のようなものが浮かんでおり、唇がぶるぶると震えていた。熊吉はなにか恐ろしいものを見たような気持になったが、与三の言葉は、信じられるような気がした。

その夜のうちに、与三は死んだ。

大家さんが葬式を出してくれ、あっという間に長屋は日常に戻った。
しばらくして、熊吉はひとりで、神田山の、とっておきの場所に行った。
そして、崖から出ている水に直接口をつけて、ごくりと呑んでみた。
すると体の奥底から、本当に、力が湧いてくるような気がした。

おもかげ——吉森大祐

お糸《いと》は、急に落ち着かない気持ちになった。

桶《おけ》職人の旦那《だんな》を見送り、子供たちが遊びに出て、近所の女房達と井戸端に出て賑やかに洗濯をし終わると、長屋はふと静かになる。空気が弛《ゆる》んで柔らかいお日様が照らす路地に、大家さんの猫が出てきて心地よさそうに欠伸《あくび》をした。

そろそろ、神田講談町《かんだこうだんちょう》あたりを回っている物売りが、この保呂里《ほろり》長屋にもやってくる頃だ——。

(ほんの見間違いさ——。そんなわけはない)

お糸は思った。

昨日、大きな行李《こうり》を背負った研屋《とぎや》の男を見た。この界隈《かいわい》では初めて見る顔だったが、その横顔が、どことなく慎之助《しんのすけ》に似ていた。ふと見えた顎《あご》から頰《ほほ》へ少し削《そ》げたような線がそっくりだった。年の頃もぴったりだ。

もし、本人だとしたら、あたしのことを、覚えているだろうか。

お糸は、部屋に戻り、簞笥《たんす》の中から手鏡を取り出した。

化粧ッけのない、少し疲れたおかみさんの顔が、そこにあった。

（あたしのことなんざ、覚えていないに違いない）

鏡を覗《のぞ》きながら、そんなことを考える——。

慎之助と出会った頃、お糸は下谷黒門町《したやくろもんちょう》にある料理屋『山之家《やまのや》』で女中奉公をしていた。とびきり繁盛しているわけではなかったが、静かで落ちついた、どこか風格のある店だった。もう六十にもなろうかという胡麻塩頭の大将が、丁寧に仕込んだ総菜を出す。

当時のお糸は、二十歳《はたち》の娘盛りである。

派手に遊ぶほうではなかったが、それなりに言い寄ってくる男もおり、毎日張りがあった。武家や農家、大店《おおだな》の娘であれば二十歳は嫁《い》き遅れともいわれかねない年齢だが、お糸は万事気ままな町人の娘であり、もう少し遊んでいたかった。まだ縁付いて家に入る気など、さらさらなかったのだ。

そんなある日——。

五つ半（夜九時）になろうかという雨の夜、裏木戸の音がガタリと鳴って、飛び込んできた若い男がいた。

「ご、御迷惑をかけて申し訳ございません——。ほんの少し、匿《かくま》ってくだされ」

男は固苦しい武家言葉を使ったが、まだ十代の顔《かんばせ》であり、いかにも若々しい。薄紫の袴に朱塗りの刀。どこかで斬られたものか、肩のあたりにどす黒い血のようなシミがある。

「広小路《ひろこうじ》にて、賊に襲われ——」

ちょうど店には客はおらず、お糸は掃除を、大将は仕込みをしていた。

大将は素早く男の様子を見て、

「——ちっ、そういえば広小路のほうで騒ぎの声が聞こえたな。バカ者どもが」

と鋭く言った。

「お糸、階上《うえ》に床を取りな。それが終わったらすぐに湯を沸かせ」

「は、はい」

お糸は慌てて二階に駆け上り、行灯《あんどん》につけた暗い灯を頼りに布団を敷く。

大将は、男をかかえて狭い階段を登ってきて布団に座らせ、小刀で袴を切り裂いた。肩と太ももに傷を負っているようだった。命にかかわるようなものではなさそうだが、肉を斬られて平気でいられるわけもない。その顔は、血の気が引いて真っ青だった。

大将は、

「ふむ――。縫うまでもない」

と言って手早く傷口を酒で洗い、熱湯に通した布をきつく絞って拭き、草餅に使うよもぎを揉《も》んで当て、包帯を施した。どこでこのような技を覚えたのか――、今思い出しても『山之家』の大将は、得体のしれない老人であった。

「も、申し訳ござらん。剣のほうは無調法《ぶちょうほう》につき」

「ふうむ、どこかの御家中ではないのか？」

「学者でございます。町方の喧嘩には慣れておらず、ご迷惑をおかけ致します」

「ふむ。確かに迷惑だな。しかし、こちとら江戸っ子。地元の悪ガキが迷惑をかけたってンなら、放っておくわけにはいくまいよ――」

「は、ありがとうございます」

若い男は殊勝に言ったが、額に汗を浮かべたまま、必死で痛みに耐えている。

布団に寝かされると、目をつぶって動かなくなった。

それを見おろすようにして、大将は言った。

「人品《じんぴん》は悪くない。何か事情がありそうだな。このまま町に放つわけにもいくまい。お糸、様子を見てやれ。俺も若ぇ頃《わけ》はずいぶんとやんちゃをしたもんだ。身に覚えがないわけじゃァねえ。番所に届けるのは、何かわかったあとでよかろうよ」

お糸は、薄暗い灯の下に横になっている若い男の顔を、まじまじと見る。顎から頬への線が少し削げており、鼻筋は通って唇は整っていた。ドキリとするような美しい顔立ちをしている。

じっと見ていると胸がざわざわとした――。

「わかったか」

「は、はい」

お糸は慌てて頷《うなず》いた。

結局この男は『山之家』の二階に、三日間ほど潜《ひそ》んでいた。

お糸は、仕事の合間に階上にあがって傷の世話をした。粥《かゆ》を食わせて、服を替えさせる――。男は、ふだんお糸がつきあっている町の若い衆とは違う体つきをしていた。鍛え上げられた肩と、胸の漲《みなぎ》り。腹筋は鋼鉄のように割れ、斬られた太ももは細いが引き締まっている。お糸は、体を拭いてやりながら、目がくらむような思いがした。

大将が階上にあがってきて、男に身分を聞いた。

しかし男は、慎之助、という名前以外は何も話さなかった。

「言ってくれねば、番所に届けることになるんだぜ」

「――一刻も早くこちらを出てゆきます。申し訳ありません」

「ちっ――」

大将が不満げに階下の店に戻ったが、番所に届けることはしなかった。大将は若い頃にだいぶ暴れて脛《すね》に傷があるらしく、奉行所の息がかかっている番所に近づくことは好きではなかった。

すると、三日目の昼ごろ、黒門町の路地に、サムライたちの足音がばらばらと響いてきた。

階上から窓をあけて見ると、ねじり鉢巻きにたすき掛け、手に棍棒と刺股《さすまた》を持った捕り物姿の男たちが満ちている。

「わあ――」

お糸が、口を開けて眺めていると、慎之助が真っ青になって、足を引きずって立ちあがった。

「お世話になりましてございます――」

その表情を見て、あっ、とお糸は思った。そのときはじめて、慎之助が奉行所に追われているのだとわかった。

そして咄嗟《とっさ》に、

(このひとを、逃がさなければならない)

と思った。

「こっち――」

お糸は、慎之助に肩を貸し、裏の階段を通ってどぶの板の上に抜ける。そして隣の家を通り抜けて、広小路に出た。そこで休んでいた町駕籠に押し込み、今度払うから、と言って、根岸《ねぎし》の坂本町《さかもとちょう》と金杉町《かなすぎちょう》の丁字路を曲がった西蔵院《さいぞういん》まで向かうように告げ、逃がしてしまった。

店に戻ろうとすると、路地にサムライが溢《あふ》れている。店の前で大将が、奉行所の同心に取り調べを受けていた。遠くから背を伸ばして覗くと、大将と目があう。大将は、あっ、という顔をした。お糸が慎之助を逃がしたことは明白である。

「待て、てめえ——」

お糸は夢中で逃げた。

慌てていたとはいえ、とんでもないことをしてしまった。だが、お糸には慎之助が悪人には見えなかったのだ。

お糸は広小路に出て、奥州《おうしゅう》往還を西蔵院まで走った。

四半刻《しはんとき》もかからぬ距離である。

すると、人気《ひとけ》のない音無川《おとなしがわ》にかかる橋の欄干に、ぽつりと慎之助が座っていた。

そして息を切らして、駆けつけたお糸の顔を見て、

「ありがとう」

と言った。

その邪気のない顔を見たとき、お糸はほっとして、やっぱりこれでいいのだと思った。何か納得して、その場に座り込んでしまった。

この辺りは江戸も府外で街道筋からも外れている。根岸の森の中に、物持ちの寮(別荘)や古い屋敷が点在し、日暮里《にっぽり》に抜ける音無川が静かに流れていた。

(これから、どうしよう——)

お糸は考えた。

実家は神田講談町だが、そこに連れていくわけにはいくまい。『山之家』にも戻れまい——。

やがて、森が静かに夕闇に包まれてきた。

すると、慎之助は立ち上がり、

「こちらに——」

と言った。

意外にも慎之助には土地勘があるようだった。

まっすぐ西《とり》（西）の方角に森を進むと、右手《めて》に大きな屋敷が見えた。御隠殿《ごいんでん》と呼ばれる輪王寺宮《りんのうじのみや》の離宮で、音無川の水を引き入れた広大な庭園を備えている。輪王寺宮とは、上野山一帯を寺領とする寛永寺《かんえいじ》の管領を務める法親王の称号である。

ここから、上野山に登る道があちこちつけられていた。

慎之助は、その坂道のうちのひとつを、痛む足を引きずるようにして登って行った。そして、稜線上の納屋まで来ると、

「ここならば、雨露が凌げます」

と言った。

「ありがとう、お糸さん。もうひとりで大丈夫——。お戻りになって結構だ」

その顔は、西日に照らされており、金色に輝いて見えた。

そのときお糸は、ここで離れてはダメだと思った。体の奥底から何か感じたことのないような力が湧いてくるような気がした。

「大丈夫――、ここにいます。明日の朝まで」

お糸はそう言って、そこに座りこんだ。

ふたりは納屋の前に座って、遠く夕焼雲に浮かび上がる筑波嶺《つくばね》を眺めていた。卯《う》(東)の方角はひたすら田圃《たんぼ》で、大川《おおかわ》の流れ以外は原っぱである。やがて一番星が光り出し、あっという間に無数の星が、広い空に満ちるように瞬《また》きはじめた。

すると慎之助は、

「お糸さんは、星が動くことを知っていらっしゃいますか」

と聞いた。

「え?」

「星は、動いているのです――。季節ごとに星宿の中を動く星や月がある。一年の暦のなりたちは、その星の動きを読んで創るものなのです」

お糸は、ぽかん、とその話を聞いた。

月や星ならば毎晩見上げているが、それが何か意味をなしているなどと考えたこともなかった。

「浅草に公儀の天文台があり、天文方のサムライが星を読んでいます。この場所は、その別院でありましてね。時々、測量のための狼煙《のろし》をあげるのです。この納屋はそのためのもの――」

「――」

「わたしの家は天文方を承る家のひとつでして。驚きましたか」

お糸は、慎之助の整った横顔を、呆然と見た。

よくわからない――だが、この江戸の町に、毎晩星を見上げて、暦を作っている人がいるのだということはわかった。

それから慎之助は、ぽつり、ぽつりと、星の話をしてくれた。

この国の暦は、そもそも京の天子様と陰陽師《おんみょうじ》様が、唐《から》の国のものを使って決めていた。これを公儀天文方が、貞享《じょうきょう》元年、星の誤差を補正して日《ひ》の本《もと》にふさわしい新しい暦を作り、それを献じた。

以来、幕府の天文方が、作暦の責任《せめ》を負うようになり、さらに励んでより正確に星と季節の移ろいを読む技を極めてきた。その経緯で長崎《ながさき》のおらんだ屋敷に着く異国の書物や暦を読みこみ、洋学に通じるようになった――。

西洋の書物によれば、我々が住むこの世は丸い毬《まり》のような形をしており、この日の本は、大きな海の端にある小さな島なのだそうな。季節の異なりは、その毬の傾きにより生じる。月の満ち欠けもその大地とお日様の位置によるもので、天の川は遠き星の集まりだという。

お糸はそんな慎之助の話を、ふわふわと酔ったような心持で聞いた。

それらの話の多くは理解《わか》らなかったが、それを熱心に話してくれる慎之助の横顔を見ていると、今まで知らなかった世界が目の前に広がっていくような気がした。

気が付くと、お糸は、慎之助の胸に頭を預けるようにして、空を見上げていた――。

すると慎之助は、お糸の肩をそっと抱いた。

見ると、慎之助の整った顔が近づいてきて、柔らかい唇を重ねた。

お糸は身をよじり、夢中になってその感触に応えた。

慎之助は暗闇で、わずかに笑ったようだった。

このひとは、自分を、どこかに連れ出してくれるのではないか。

お糸は、その時、そう思った。

ふと、今までの自分の暮らしが、急に、つまらなく感じた。

どぶ臭い路地の奥の店で女中奉公をして、もう少ししたら、誰かに男を紹介されて所帯を持つ。どこか下谷か神田あたりの裏店《うらだな》を探して住んで、子供の尻を叩いたり、老いた親の面倒を見ながら年を取っていく。下谷の広小路に集まってバカ騒ぎしている友達や、言い寄ってくる男と遊ぶことも、今までは楽しいと思っていたが、所詮みな同じではないか——。

お糸は夢中になって慎之助に抱きつく。

薄暗い月明かりの下で慎之助は、

「あなたのお顔、忘れません」

と言った。

お糸もまた、一生この日を忘れないだろうと思った。

翌朝、起きると、慎之助の姿はなかった。

ふらふらと根岸から下谷に出て『山之家』に戻ると、あっという間に大人たちに囲まれた。大将と、町の番所の衆。下谷黒門町の親分や、奉行所から同心までやって来て、いろいろと聞かれた。

だが、お糸は、わかりませんとしか言いようがなかった。

実際に何もわからなかったからだ。

それからしばらく、お糸は、慎之助のことを思い出して呆然と過ごした。

ひとに聞いて、浅草の公儀天文台へも訪ねて行った。しかし慎之助といっても誰にも通じなかった。果たして慎之助とは本名だったものか。だが確かにあのひとはここにいた。両手で自分の体を抱くたびに、そのことを思った。

そんな時、天文方で起きた事件のうわさを聞いた——。

長崎湊《みなと》に滞在していたおらんだ国の医師が、御禁制の品を自分の国へ運び出そうと企てて長崎奉行様に摘発された。そして、それらの品の多くは、公儀天文方から渡されたものだった。天文方は罪を問われ死罪。その子供たち、弟子たち、縁者もみな奉行所に追手を出され、捕らえられた者は島流しになったそうである——。

（島流し——）

お糸は、その話を黙って聞いていた。

（じゃア、生きている……）

そう思ったりした。

——それからも、お糸はしばらく独身《ひとりみ》でいた。

だが、さすがに二十歳も四年、五年と過ぎると、周囲の目も厳しくなってくる。

町娘としちゃァいい加減しないといけない時期が来て、周囲に勧められるままに、桶職人の喜三郎《きさぶろう》と夫婦になった。

喜三郎は穏やかな顔つきをした実直な男で、博奕《ばくち》も酒もやらない。長屋のひとにも好かれて、町内の評判もよかった。やがて子供が生まれ、お糸はその世話にあけくれた。

あれから十年もたった。

今となって、お糸はこれでよかったのだと思っている。

決して豊かではないが、お糸は幸せだった。

最初から、こうなるべきだったのだ。

ただ時々、町で慎之助と似た男を見かけると、胸がぎゅっと痛くなって、その場から動けなくなる。勝手に胸が高鳴って、汗があふれて眩暈《めまい》に似たものを感じ、どうしようもなくなってしまう。

遠くから、

「研屋ァ、研《と》ぎぃ――。刃物ぇ、研ぎぃ」

という声が聞こえて、背の高い蓬髪《ほうはつ》の行商人が、保呂里長屋の路地の前を過ぎるのが見えた。

お糸は、両手に包丁やハサミ、爪切りをかかえて、

「研屋さぁん」

と声をかけた。

「毎度――」

と言って路地のどぶ板を踏み、にこやかに井戸端に近づいてきた研屋の男は――。

慎之助とは似ても似つかない、ただの物売りだった。

おやじ――岡本さとる

「まったくついてねえや……」

春太郎《はるたろう》は千鳥足《ちどりあし》で夜道を歩いていた。

こんな呟きが口をつくのだ。

もちろん好《い》い酒ではない。

歳は二十五。やっと手間取《てまと》りになったものの、大工としてはまだまだ洟垂《はなた》れ小僧で、日々悩みは尽きない。

「そりゃあ確かに、勝手口の屋根は軒を広くとってあるから、庇《ひさし》をつけることはねえだろうと言ったのはおれだ。だがおれが勝手に決めたわけじゃあねえや。ちゃあんと、棟梁《とうりょう》にも兄《あに》ィ達にも伺いを立てたじゃあねえか。それなのに、旦那から文句が出りゃあ、おれひとりのせいになるのは、どうしてだ……。得心がいかねえや……」

酒場の隅に残し切れぬ愚痴を吐きながら、この日も神田講談町《かんだこうだんちょう》、保呂里《ほろり》長屋へのご帰還となったのだ。

といっても、彼を迎えて労《いたわ》りの言葉のひとつもかけてくれる者など家にはいない。

七年前に、同じ大工の父・源蔵《げんぞう》は、まだ修業中の春太郎を残して亡くなった。気難しい父親に代わってかわいがってくれた母親は、それよりもっと前にはかなくなっていた。

「そろそろ嫁をもらったらどうだ」

と、言ってくれる人もいるが、女房に愚痴を言うよりも、酒場で吐き出す方が気が楽だと、男やもめを続けている。

「どうせついていねえことだらけなんだ。独りが何よりさ」

と、長屋の露地木戸を潜《くぐ》ったものの、

「やっぱりついてねえや……」

春太郎は、たちまちしかめっ面《つら》となった。

「春太郎、帰ったのかい……」

大家の河兵衛《かわべえ》が住む一軒から声がしたのだ。

飲んで帰ってくると、河兵衛はいつもからかうように声をかけてくるので、大家の家の前を通る時は気配を消すようにしているのだが、今日はいささか酒が過ぎて、泥溝板《どぶいた》を強く踏んでしまったらしい。

「へい……、ただ今、帰りやした……」

子供の頃から知っている相手だ。黙ってやり過ごすわけにもいかず、とりあえず返事をして、先へ進まんとしたが、

「そいつはご苦労だったね」

がらりと障子戸が開いて、見事に捕まった。

これからが面倒なのだ。

「おや、こいつは何だね。好い調子じゃあないか」

下駄をつっかけて、河兵衛が姿を現し、まとわりついてきた。

大家といえば親も同然。

家主と店子《たなこ》の間である。河兵衛にすれば春太郎は我《わ》が子のように思えるのかもしれないが、こんな時はただただ煩《わずらわ》しいものだ。

「好い調子ってほどのもんじゃあ、ありませんよ」

春太郎は大きな溜息をついた。

「なるほど、てことは、自棄酒《やけざけ》かい？」

河兵衛はお構いなしに問うてくる。

「まあ、自棄酒ってところですかねえ……」

春太郎が住む一軒は、一番奥にある。

泥溝板を避けつつ歩き出したが、退屈をしていたのか、河兵衛は当り前のようについてくる。

「はあ、自棄酒かい。そいつはよくないね。楽しくない酒は、体に障るというものだ」

「だが、飲まねえと……」

「屈託が溜まって、心に障るか？」

「へい……」

河兵衛に、春太郎の胸の内は、何もかもお見通しらしい。

「その屈託の因《もと》は何だい？　女にふられたわけじゃあなさそうだから、やっぱり何かい？　普請場《ふしんば》で気に入らないことがあった……、そうじゃないのかい？」

「へい……」

「ちょっとした不都合があって、そいつをお前のせいにされちまった。ははは、そんなところだな？　ふふふ……」

何を笑ってやがるんだ。

春太郎は、思わず仏頂面になったが、

——この因業大家め、どうしてそう、おれのことがわかるんだ。

同時に、それが大家の眼力というものなのかと不思議に思った。

「ふふふ、どうしてそんなにおれのことがわかるんだ、この仏の大家め……、そう思ったんだろう」

河兵衛はニヤリと笑った。

——因業大家と思ったんだよ。

春太郎は、その言葉を呑み込んで、しばし黙って河兵衛の顔を見た。

「お前の様子が、死んだ親父にそっくりなんだよ」

河兵衛は、楽しそうな顔で告げた。

「親父に……？」

春太郎は怪訝《けげん》な表情となった。

「そうだよ。源さんだよ。普請場のことが気に入らなくて、よく自棄酒を飲んでいたものさ。どいつもこいつも、手前のできが悪いのをおれのせいにしやあがって……、などと言ってねえ」

河兵衛は懐かしそうに、何度も頷いてみせた。

「親父にねえ……、おれが似ている……？　ふふふ、人は親の悪いところばかり似るってえますが、本当なんですねえ。早《はえ》えとこくたばらねえように、気をつけますよう。おやかましゅうございました」

春太郎は河兵衛に小腰を折ると、目の前までやってきた自分の家の戸に手をかけ、さっと中へ入って、後ろ手で閉めた。

「お励みよ……」

外から河兵衛の声がして、下駄の音が遠ざかっていった。

「ちぇッ、親父がどうしたってえんだ……」

春太郎は上がり框《がまち》に道具を置くと、水がめの水を柄杓《ひしやく》で呷《あお》って、座敷へ上がるとごろりと横になった。

「何が親父だ……」

春太郎はもう一度呟くと、大きく息を吐いた。

寝転ぶと一気に酔いが回ってきた。

このまま眠ってしまいたかったが、自分が亡父と同じ動きを見せていたことが少なからず彼の心の内に動揺を与えていて、頭の中を休ませてくれなかった。

そういえば、近頃よく言われる。

「ああ、びっくりした。源さんに声をかけられたと思ったぜ」

古株の大工仲間は、春太郎が何か言葉を発すると、そんな風にからかうし、

「お前のそういう頑固なところは、父親譲りだなあ……」

時に呆れられる。

大工の腕を誉められる時も、

「さすがは源さんの息子だぜ」

何かというと、父・源蔵の名が付いてくる。

――けッ、そう言っておけば、おれが喜ぶとでも思っているのかよ。

春太郎は、その度に何やらやるせなさを覚えていたのだ。

春太郎にとって、父・源蔵に対する憧憬や、懐しさなどはなかった。

子供の頃は、ひたすら〝おっかない〟父親であった。

気難しくて、母親は亭主を怒らせないようにと、いつも気を遣っていたような気がする。

「職人てえものは、そういうものよ」

それが父親の口癖であった。

今思っても理解に苦しむ。

父親に誉められた覚えもなく、機嫌の悪い時は、

「おう、春太郎！　そこをのきやがれ！」

何かというと、邪険にされて頭をはたかれたものだ。

「お前に大工など務まらねえよ」

などと憎まれ口を利きつつも、気がつけば今の棟梁の許《もと》に修業に出されていた。

ちょうどその頃に母親が亡くなっていたので、春太郎にとっては幸いであった。

棟梁の家はこの長屋から近く、

「お前の親父が寂しがるからよう」

と言われて通いの修業となったが、春太郎は三度の飯を棟梁の家で食べさせてもらったから、気難しい親父と二人きりでいる間も少なくてすんだ。

やがて源蔵が病に倒れはかなくなったが、春太郎には特に悲しみは湧いてこなかった。

棟梁は相変わらず、

「お前の親父が寂しがるからよう」

と言って、通いのまま修業をさせた。

そして、春太郎はそのまま手間取りとなって、ひとまずこの長屋にいて一人前と認められた。

棟梁にしてみれば、源蔵が住み馴れたところに春太郎が暮らし、二親の位牌《いはい》を祀《まつ》ってやるのが何よりだと思ったのであろう。

棟梁のやさしさには心打たれたが、春太郎にはやはり父の死に対する感慨は湧いてこなかった。

自分の修業中も、

「お前は、そんなことじゃあ、大工としてやっていけねえぞ」

憎まれ口ばかりで、誉めてくれたことなど一度もないどころか、自分と同じ道に息子を進ませながら、まだ半人前の時にさっさと死んでしまった。

「あんな親父におれが似ているだと？　ふざけたことを言うんじゃあねえや。ちっとも嬉しかねえぜ……」

酔いが回っているというのに眠りにつけず、春太郎の心は千々に乱れた。

それでも、明けぬ夜はない。

酒の酔いもいつか冷める。

気がつけば朝を迎えていた。

自棄酒から目覚めると、いつも頭が割れるように痛いものだが、不思議とその朝はすっきりとしていた。

そして頭の中にまず浮かんだのが、昨夜、大家の河兵衛に言われたことであった。

「お前の様子が、死んだ親父にそっくりなんだよ」

河兵衛にそう言われた時は、ただ不快であった。

だが、考えてみれば、

「職人てえものは、そういうものよ」

などと言って、大工がいかに大変なものか、倅《せがれ》に偉そうに言っていたあの親父が、普請場の出来の悪さを自分のせいにされたと、酒場で愚痴を言いながら自棄酒を飲んでいたと思うと笑えてきた。

「親父もただの人だったってことか……。ふふふ、ざまあねえや……」

と、何やら心が和んできたのだ。

春太郎は、昨夜、居酒屋で拵《こしら》えてもらった握り飯を食べた。

またひとつ元気が出た。

「おう、春太郎！　そこをのきやがれ！」

機嫌が悪いと自分の頭をはたいた親父も、あれこれやり切れないことがあったのだ。

「そんな親父に似ているとは、おれもざまあねえや……」

春太郎は、日頃は見向きもしない父の位牌を眺めて笑った。

そのうちに、昨日、酒場でこぼした愚痴など、何でもないことだと思えてきた。

——よし、普請場へ行くか。

立ち上がった時、母親が使っていた箱型の鏡台にかけてあった手拭いが、はらりと下に落ちた。

「親父……」

春太郎は鏡の中に父を見た。

——こいつはどう見ても親父だぜ。

春太郎はいつしか自分が死んだ父そっくりになっていると、初めて気付いた。

「親父……、行ってくるよ……」

鏡の中の自分に言葉をかけると、何故《なぜ》だか泣けてきた。

「親父、寂しいかい？　寂しかねえだろ……」

春太郎は手拭いを再び鏡にかけると、道具箱を手に表に出た。

するとそこには大家が飼っている猫のミケがいて、珍しそうに春太郎の顔を見つめた。

「そこをのきやがれ！」

春太郎は、ミケの頭をはたく素振り——。

〝ニャーッ〟と一鳴きして逃げるミケを眺めると、昨夜の自棄酒が夢のように思えた。

「ふふふ……。職人てえものは、そういうものよ」

春太郎は晴れ渡る朝の空を見上げると、やがて小走りで長屋を出た。

女房の左肩

――岡本さとる

その日の昼下がり。

保呂里《ほろり》長屋で隠居暮らしをしている宗八《そうはち》は、同じ長屋の住人である市兵衛《いちべえ》の家を訪ねた。

彼は五十過ぎの看板書で、日頃は紙、筆、硯《すずり》、糊などを箱に入れて背負い、仕事に出ているのだが、先日長年連れ添った女房に先立たれ、それ以来家に引《ひ》き籠《こも》ってい
た。

「市兵衛さん、ちょっとよろしいかな」

宗八は〝看板書〟と大書された腰高障子に手をかけ、そっと中を覗きながら声をか

けた。

中は市兵衛一人で、ぷかりぷかりと煙管《きせる》で煙草《たばこ》をくゆらせている。

「ああ、ご隠居ですかい。どうぞ入ってやっておくんなさい」

市兵衛はにこやかに応えた。

「甘いものが手に入りましてな」

宗八は戸を開けながら、手にした落雁《らくがん》を掲げてみせた。

「こいつはありがてえや」

市兵衛は煙管の雁首《がんくび》を、煙草盆の吐月峰《とげつぽう》に叩きつけると、

「さすがはご隠居だ。好《い》いところに来てくれますねえ」

ほのぼのとした物言いで頷いた。

「まず老いぼれは、何の役にも立ちませんからねえ……」

亡くなった女房のおはまの初七日をすませたばかりであった。

葬儀からここまでは、何かと人の出入りが多いが、ちょうど今頃が一段落して、寂しさが募る頃である。

隠居はそれを見越して、好物の落雁を土産《みやげ》に来てくれたのだと、市兵衛は察していた。

「さあさあ、お上がんなさい……」

市兵衛は座敷の上に散らかる、手拭いやら衣類やらを部屋の隅に立ててある枕屏風の向こうに放り投げて、宗八を請《しよう》じ入れた。

「それにしてもご隠居、死んじまうなら、男が先ですねえ……」

宗八に茶を淹《い》れようとして、茶の道具がすぐに見つからず、市兵衛は狭い家の中をうろうろしながら言った。

「まず、そういうことでしょうな」

宗八は、ゆったりとした口調で応えながら、自分も茶の仕度を手伝った。

さすがにもう長い間、一人で暮らしている宗八は、何をさせても手付きがよく、様になっている。

「ははは、ご隠居のようになるまでには、まだまだ随分と暇がかかりそうですよ」

市兵衛は苦笑いを浮かべた。

「暇ならいくらでもこの先、できるでしょうよ。何ごともゆっくりと身につければよいのです」

「そうですかねえ」

「はい。男というのは、自分一人食べるくらいならどうでも好いもんです。この先は、あくせく働くこともないのですからねえ」

「へへへ、そいつは確かに……」

自分一人なら茶漬を食っていればいい。

だが、女房子供がいるとそういうわけにはいかない。

三度の飯を、それなりの菜を添えて食べさせる。

それが身内の者への愛情であるが、何よりも自分がまともな男として生きていることの証《あかし》である。

つまるところ男は、どれだけ周りの者達に、金品を振舞えるかで値打ちが決まり、そのためにあらゆる楽しみを犠牲にして、盛りの日々を費すのだ。

それゆえ独り身になれば、もうなにもそのような縛りがなくなるのだから、

「ほう、こんな風に茶を淹れるとうまくなるのか……」

であるとか、

「そうか、この間合で蓋を開けて、かきまぜるのが、飯炊きの極意なんだな」

などと、日常の些細なことに喜びを見つけて、無理をせずつましく、気楽に生きるべきだと宗八は言う。

そう考えてみると、確かに気が楽になってくる。

「ご隠居に弟子入りをさせていただきますよ」

市兵衛は、やっとのことで淹れた茶をすすりながら、顔を穏やかな色に染めた。

「いやいや、わたしの方こそ、市兵衛さんの看板書の弟子にしてもらいたいものですよ。このところは、仕事を引き受けていないようですが、やめてしまったわけではないのでしょう？」

「ええ、あくせくしねえくらいに、まだ看板書は続けますよう」

「それは何よりですよ。気楽に生きるのは好いが、時には働きたくなるのが男ですからねえ」

茶屋、料理屋、髪結床《かみゆいどこ》、船宿……。

そんな店が得意先で、障子や掛行灯《かけあんどん》などをその場で張り替え、書き直す。

宗八は何度か、市兵衛の仕事を見かけたことがあるが、実に手際がよく、人目を引く美しい字を書く姿は、

「見ていてうっとりとしましたよ」

思わずその場で声をかけたものだ。

出入り先がなかなかに粋なところであるから、自ずと色々な蘊蓄《うんちく》が身につく。

それゆえ、書画骨董《こっとう》に造詣《ぞうけい》が深い通人の隠居とは、以前から気が合う市兵衛であっ

た。

茶をするうちに日が暮れてきて、飲み物が酒に代わり、そこは気楽な独り者同士である、豆腐売りをつかまえて、奴豆腐《やっこどうふ》と油揚げを炭火で炙《あぶ》り、それを肴《さかな》に一杯やり出した。

互いに長い間を生きてきた二人である。

江戸と上方では、どうして帯の結び方が違うのだろうか、雑煮の味付けが違うのだろうかと、世の中の不思議を語り合ううちに時が過ぎた。

「ご隠居、お蔭で今日も楽しく終えることができそうですよ。気を遣ってもらって、ほんにかっちけねえ……」

やがて市兵衛は、つくづくと宗八に頭を下げた。

長年連れ添った女房に先立たれるとは思いもよらず、呆然として慣れぬ独り暮らしを送る彼にとっては、宗八の存在が心強かった。

「娘もよく訪ねてくれますし、あっしは大丈夫でございます」

「左様で……、それを聞いて安堵いたしました。また、遊びに来させてください」

「へい。いつでもお待ちいたしております」

「ところで市兵衛さん、先だっておそのさんをお見かけしましたが、随分としっかりしてきましたねえ」

市兵衛の娘はおそのといって、市兵衛の仕事の繋《つな》がりで、料理人と晴れて夫婦となり、五年前にこの長屋から巣立っていた。

「へい、このところはもう、叱られてばかりでございますよ」

娘の話になると、思わず市兵衛の表情も綻んだが、

「そういや思い出しましたよ。先だって娘は、形見分けに来ましてね。まあ、形見分けって言ったって、ごみを持って帰ったってくれえのものですがね」

またすぐに、しんみりとした。

娘に母親の遺品を選んで持って帰るようにと言ったものの、僅かばかりの着物に、櫛笄《くしこうがい》などを並べるうちに、

——生きている間にもっとあれこれ買ってやればよかった。

と思われて、何やら切なくなったことが思い出されたのだ。

もっとも女房のおはまは、これといって物を欲しがらず、もっぱら老後の貯えに回そうと言っていた。

とどのつまりその貯えは、市兵衛一人の老後の貯えとなってしまった。

誰かに振舞うことが男の務めだと言いながら、最後の最後に苦労をかけた女房に振

舞われたとは情ない。

そんな想いに襲われたのだが、

「着物の整理をしていた娘が、妙なことを言いましてね」

「妙なこと？」

「へい。女房の着物はどれも、左肩のところが、右より汚れていると言うのですよ」

「なるほど、右より左の肩がねえ……」

「こいつはいってえ何なのでしょうねえ」

おそのは、右手で左の肩を撫《な》でるのがおはまの癖だったからではないかと言った。

「ご多分にもれず、あっしも気難しい男でしたからね。おはまの奴は、何かってえと機嫌を損わねえようにと気を遣ってばかりおりやしたから……」

ほっとした時に、右手で左肩の辺りを撫でていたような気がしたのだ。

「はて、おはまさんにはそういう癖がありましたかねえ」

宗八はおはまを思い出して、腕組みをしながら考えたが、

「思いもかけない理由があるかもしれませんよ。よく思い出してごらんなさい」

そう言って頬笑んだ。

「おはまさんについてよく思い出す。それが何よりの供養だと思いますよ」

市兵衛は感じ入って、

「なるほど、ご隠居の言う通りだ。ようく、思い出してみますよ」

「何かおもしろいことが思い出せたら、いつでも構いませんから、教えに来てください」

「承知いたしやした。寝ていたって叩き起こしますからね」

「どうぞどうぞ、お待ちしておりますよ」

そのように告げると、宗八は自分の家へと帰っていった。

「まったく、ありがてえお人だ……」

故人についてよく思い出す。

それが何よりの供養だと宗八は言った。

「ご隠居は好いことを言うぜ」

市兵衛は、懸命に亡くなった女房について思い出した。

不思議なものである。

長年共に暮らした女房なのに、これといって、思い出に辿《たど》りつけない。

一緒にいることが当り前になると、思い出は穏やかな日々に呑み込まれて、薄れていくのであろうか。

ただ、日々喧嘩を繰り返し、労り合い、慰め合った女房は、今も自分の心と体にぴたりと張りついている。

顔も声も仕草も、いちいち思い出さなくても、閉じた目の瞼《まぶた》の裏に浮かんでくる。

――だが、そのお前は、もうここにはいねえんだな。

棟割り長屋の五坪ばかりの家の中が、今宵はやけに広くて寒々しく思われた。

市兵衛はそれから一人で酒を飲み続けた。

おはまの着物の左肩の汚れ。

これだけはきっちり思い出さねば、夢でおはまに叱られそうな気がした。

茶碗酒をちびりちびりとやりながら、市兵衛は頭を捻《ひね》った。

自ずと難しい顔となってくる。

夕餉《ゆうげ》が終ってからも、こんな様子でしばらく酒を飲んでいたことはよくあった。

そんな時、おはまは何も言わず、特に酒を注《つ》いでくれるわけでもなく、黙って自分の右側に座って、こくりこくりと船を漕《こ》いでいたものだ。

「おい、おはま……」

酔った市兵衛は、今もそこに女房がいるような気がして、おはまの肩を叩こうと右手を伸ばし、すぐに引っ込めた。

「ははは……、酔っちまったぜ。お前がそこにいるはずはねえやな……」

市兵衛は寂しげに呟いたが、はっとして我に返った。

「おい、おはま、お前寝るんじゃあねえや」

「おはま、酒が切れたぜ」

「今日は出先でこんなことがあってよう、おかしくて仕方がなかったぜ。おい、おはま、聞いているのかよう……」

そんな何気ない日々の記憶が蘇《よみがえ》ったのだ。

家の中では、自ずと夫婦の居処は決まっている。そして何かというと市兵衛は、自分の右隣りに座るおはまの肩を叩いていた。

「そうか。わかったよ。だからお前の左肩は汚れているんだな。ははは、何のこたあねえ。おれのせいか……。そうだな。お前はいつもおれの右に座っていたよなあ……」

市兵衛は、しばし目から溢れ出る涙を拭うと、やがて表へとび出て、

「ご隠居、わかりやしたよ……！」

宗八の家の戸を、軽快に叩いた。

まっさら――泉ゆたか

梅雨《つゆ》どきは、古傘の直しの仕事は大忙しだ。

始終雨が降ったり止《や》んだりする湿っぽい時季よりも、ほんの少し前に持ってきてくれるならば、こちらも助かるのだが。

おぎゃあと生まれてから今この時まで、数えきれないほどの季節を巡っているというのに。爽《さわ》やかな新緑の頃のうちに梅雨の支度を始める用意のいい者は、そうそういない。

誰もが、しとしと続く長雨の中を小骨が折れたり油紙が破けた傘で出歩く羽目になってから、慌てて傘の直しに飛び込んでくる。

梅雨空の続くうちに直した傘を使いたい。できれば今日この場でちゃちゃっと直してもらいたい、という客の望みは、助六《すけろく》だって百も承知だ。そのため毎年この時季は、飯を喰う間もないほどの忙しさで目を回している。

「こんにちは、助六さん、いらっしゃいますか？」

「はいはい、今いくよ。ここのところ忙しくて忙しくてたまらねえんだ。いつだって部屋に籠《こも》りきりで仕事中よ」

助六は長屋の狭い部屋の中に所狭しと並ぶ広げた傘の合間を、器用にすり抜けた。

古傘買があちこち回って買い取ってきた傘を、骨が折れたり曲がったりしたところを新しくして、油紙を丁寧に剝《は》がして張り直す。

本来ならば助六の仕事はのんびりしたものだったが、この時季は飛び込みの客の相手で手一杯だ。

「おやっ、おちよだったのか」

雨空を背に現れたのは、同じ保呂里《ほろり》長屋で暮らすおちよという娘だ。

病弱な父親と二人で暮らしていたが、一年ほど前にその父親が亡くなった。それからは健気にもここでひとりきりで暮らしている。

「助六さん、この長屋にあんたみたいな居職《いじょく》の職人がいてくれて助かったよ。始終、留守番の用心棒がいるようなもんさ。女のひとり暮らしは不用心だからね。おちよのためにも怪しい奴がうろついたりしていないか、しっかり見張ってやっておくれよ」

大家さんからそんなふうに頼まれて、あの若さでひとりぼっちは寂しいだろうな、と思った。

おちよは、小柄で華奢《きゃしゃ》で人懐こく、いつも笑顔で皆に可愛がられる娘だ。大家さんやご隠居さんとはもちろんのこと、隣同士のおスミ婆さんとも仲が良い。偏屈者のおスミ婆さんにまでまるで孫のように可愛がられてしまうのだから、きっとおちよのことが気になっている男は多いに違いない。ちょうど年頃のおちよは、もうじきどこかに嫁に行ってしまうだろう。

そう思うと、この長屋に咲く可愛らしい花が、ひょいと摘み取られてしまうようで少々寂しかった。

「傘の直しかい？」

おちよは古ぼけた傘を胸元に大事そうに握って、こくんと頷いた。髪から雨垂れがぽたりと落ちる。この本降りの雨の中、傘をさせずに路地を走って来たのだろう。

おちよの矢絣《やがすり》の小袖は、雨ですっかり色が変わって黒っぽくなっていた。

「貸してみな。大急ぎで直してやるさ。框《かまち》のところで座って待ってな」

きっとおちよの家にある傘は、これ一本きりだ。急いで直してやらなくては。

「助六さん、ありがとう。とっても困っていたの」

おちよがほっとしたような笑みを浮かべた。

受け取ったそのときに、大きくて骨のしっかりした男物の傘だとわかった。

「おとっつぁんの傘かい？　これは、なかなかしっかりした良いもんだよ。ずいぶん古びちまっているけどな、ちゃんと直せばこれからもずっと使えるさ」

助六は迷いなく手先を動かしながら、壊れた傘を確かめた。小骨が数本歪《ゆが》んでいるせいで、開かなくなっていた。

でもこれならば、簡単に直せる。

「そうよ、この傘、おとっつぁんがずっと使っていたの。小さい頃は、濡れないようにこうして私を抱いてくれて……」

おちよが小さく笑って、胸元で幼な子を抱く仕草をした。

助六の胸がちくりと痛む。

おちよの母は、おちよを産んだときに亡くなったという。それからは貧しいながらも大事に大事に可愛がられてきた娘だ。

男手ひとつでどうにかこうにか年頃まで育て上げた可愛らしい娘を、ひとり残して死んだ親父の心残りを思うと、涙もろい助六は、思わずぐすりと洟《はな》を啜《すす》った。

「そうか、大事な傘なんだな。任せておきな。俺の手にかかりゃ、あっという間よ」

助六がこぶしを握って見せると、おちよがふわっと微笑《ほほえ》んだ。

「わあ、嬉しい。ありがとう」

薄暗い穴倉みたいな長屋の部屋に、胸のすくような水色の紫陽花《あじさい》の花が咲いた気がした。

二度目におちよがやってきたのは、前に傘を直したわずか三日後のことだった。

霧のような小雨の中を、また大きな傘を握って訪れた。

「なんだ、もう駄目になっちまったのかい？　こりゃ、済まねえな。お代はいらねえよ」

腕には自信があったつもりだったが。これまでに、直したばかりのところがすぐに壊れてしまったことなど、一度もなかったのに。

おちよの身の上に想いを馳《は》せたりなどしていたせいで、気が散ったのか。

助六は、参ったなあ、と頭を掻《か》いた。

「ううん、違うの。今日は、別のところよ。あたし、助六さんに直してもらった傘が

嬉しくて、早速差して歩いていたら、木の枝にぶつけちまったの」

「木の枝にぶつけた、だって？　ちゃんと周りを見て歩かなくちゃ、危ねえぜ」

俺が直したところじゃなかったのか。

少しほっとして受け取った古傘を確かめる。

この前とは違う小骨が、数本折れている。

「ここに座って待っていてもいい？」

おちよが框に掌《てのひら》を当てた。

「ああ、もちろんさ。ちょっとお喋りしている間に、すぐ終わっちまうよ」

「わあ、嬉しい。助六さんの仕事を見ているの、とても楽しいのよ」

おちよは目を輝かせて、助六の手元を見

つめた。

助六は思わず頬《ほお》が緩みそうになるところを、ぐっと奥歯を噛《か》んで唇を引き締めた。

次におちよが訪れたのは、またその三日後だった。

今日の天気は薄曇りながら雨は降っていない。雲の向こうのお天道《てんと》さまの光が明るい。そろそろ梅雨も終わる頃だ。

「おうっと、またおちよか。今日はどうした？　傘に雷でも落っこちたかい？」

助六が戸を開け放って框を指さすと、おちよは少し決まり悪そうに瞼《まぶた》をぱちぱちさせてから、

「そういうわけじゃないんだけど」

と、框に腰掛けていつもの古傘を差し出した。

「こりゃまた、派手にやったな。いったいどうしたらこうなるんだい？」

古傘は、一番太い柄《え》が真っ二つに折れていた。

「えっと、あのね。出先で雨が止《や》んだときがあって、こうやって傘を持って歩いていたのね。そうしたら、つるっと手が滑ってしまって、そこを大八車が……」

「大八車に、ぼきっと、へし折られちまったってわけだ。そりゃ、いくら頑丈な傘で

もひとたまりもねえな」

助六は古傘をしげしげと眺めた。柄が半分に折れてしまっているとなると、修理にはずいぶん手間がかかる。

「悪《わり》いけれど、これは預かってもいいかい？　明日また取りにきておくれよ」

「えっ、明日なの？」

前のように框に腰掛けてこちらに身を乗り出していたおちよが、急に気の抜けた顔をした。

「済まねえな。いくら俺でも、柄の直しには少し手間がかかるんだ。心配すんなって。明日には、まっさらな傘みてえに、ぴかぴかに仕上げておいてやるさ」

おちよは前のように、目の前で素早く鮮やかに直してもらえると思っていたのだろう。

助六のほうもなんだか決まりが悪いが、おちよのような若い娘をこんなむさ苦しいところで長々と待たせておくわけにはいかない。

「わかったわ。じゃあ、また明日ね」

しょんぼりと肩を落とすおちよの背に、助六は、「おちよ、気を付けて帰《けえ》れよ。木の枝に頭をぶつけたり、大八車に轢《ひ》かれたりしちゃいけねえぜ」と、優しい声を掛けた。

　おちよの古傘は、少し手間はかかったがどうにか夜が更ける前には元の形に直すことができた。

　助六は部屋の中で、直したばかりの傘を広げた。

　手元を握って頭の上に差してみる。助六が差すにしても大きな傘だ。父と幼い娘が一緒にこの傘に入って、雨空の下を幾度も幾度も歩いたのだろう。

　おちよの、こけしみたいに細っこくて可愛らしい姿には、こんな大きくて武骨な傘をひとりで差すのは似合わない。きっとあの娘は猫の仔《こ》みたいに力が弱いに違いない。傘が重くて大きすぎるせいで、木の枝にぶつかったり、手が滑って落としてしまったりという、危なっかしいことになったのだ。

「なあ、おちよのおとっつぁん。俺は、あの娘《こ》のことが好きになっちまったよ」

　助六は、おちよの座っていた框にちらりと目を向けた。

　同じ部屋なのに、おちよがそこにいるだけで柔らかな光が差して見えた。おちよがそこにいるだけで花の香が漂った。

「おとっつぁんの傘はこれからも大事にとっておくさ。また壊れたら、俺が何度でも直してやるよ。けどさ、ひとつだけ、差し出がましいことをしてもいいかい？」

助六は小骨と油紙が張り巡らされた頭上に向かって、小さい声で呟いた。

空から眩《まばゆ》い光が降り注ぐ。昨日までのどこもかしこも湿った様子が嘘《うそ》のように、晴れ渡った青空だ。

梅雨が明けたのだ。

「助六さん、ありがとう。とっても助かったわ」

おちよはすかさず框に座り込むと、古傘を膝に載せて嬉しそうに撫《な》でた。

「おいおい、礼を言う前に傘を開けてみておくれよ、まっさらみてえに、ちゃんと直っているだろう」

助六が苦笑すると、おちよは「あらいやだ、忘れていたわ」と顔を赤くした。

「わあ、見事ね。いったいどうやったの？　柄が、あんなに力いっぱい、真っ二つにぽきんと折れちまっていたのに。まるでまっさらの新品だわ」

傘を開くとおちよは、信じられない、とでもいうように、目を丸くして感嘆の声を上げた。

「それでさ、おちよ、これ、やるよ」

さりげなく振舞おうと気を張ったせいで、冷たいくらい素《そ》っ気《け》ない言い方をしてしまった。

「えっ?」

おちよは不思議そうな顔だ。

何をやってるんだ、もっとうまく言えよ、と思いながら、助六は仏頂面《ぶっちょうづら》でまっさらの傘を差し出した。最近流行《はや》りの、色鮮やかな赤い縁取りの蛇の目《じゃのめ》傘だ。

「ほらよ、おちよみてえな若い娘には、こんな傘が合っているんじゃねえかって思ってさ。これなら木の枝にぶつけたり、手から滑って大八車に轢かれたりなんてこたぁ――」

助六は言葉を止めた。

上がり框でこちらを見上げたおちよが、ぽろぽろと涙を零《こぼ》したのだ。

眉を下げて、口元をへの字にして、悲しくて悲しくて我慢できないという様子で泣いている。

「な、なにか悪いことをしたかい? 済まなかったよ。大事な、大事な、おとっつぁんの傘だもんな。こんなつまんねえ安物の傘なんか、いらねえよな」

「違う、違うの」

おちよが人差し指で、涙を拭いた。

「助六さんからもらったこの蛇の目傘、きっと、決して、壊れたりなんかしないわ。あたし宝物みたいにして、大事に、大事に使うもの」

「えっ？」

助六は耳を疑って訊《き》き返した。

「でもそれじゃあ、助六さんに会いに来る理由がなくなっちゃう。傘を直してもらうときなら、家にこもりきりの助六さんにも必ず会える、って思っていたのに」

「おちよ……」

おちよが、俺を想っていてくれたということか。夢のような気持ちで名を呼んだ。

こちらをまっすぐに見つめるおちよの長い睫毛《まつげ》に、涙が朝露のように輝いている。

「助六さん……」

二人で見つめ合ってまさに手を取り合おうとしたそのとき、開け放たれた戸口から、長屋のおスミ婆さんがひょいと顔を覗かせた。

慌ててお互い飛び退いた。

「おや？　あたしゃ、お邪魔だったかね？」

使い込んだ傘を手に持ってやってきたおスミ婆さんは、助六とおちよとを不躾《ぶしつけ》に眺めた。

「そ、そんなことないわ。あたし、直してもらった傘をもらいに来ただけよ」

おちよが示した傘は、赤い縁取りのまっさらな蛇の目傘だ。

「へえっ、助六のところに頼むと、おとっつぁんの襤褸《おんぼろ》傘がそんな可愛らしいもんに変わっちまうのかい？」

「え、えっと、それは……」

おちよが真っ赤になって俯《うつむ》く。

「おスミ婆さん、ちったぁ若いもんに遠慮してくれよな。せっかくいいところだったんだからさ」

助六が唇を尖らせると、横でおちよがくすっと笑った。

「はいはい、わかったよ、邪魔者は退散するさ。この傘は、次の雨の日までに必ず直しておいておくれよ。わたしのほうは、まっさらに替えて貰ってもまったく構わないからね」

「もう、おスミさんったら」

助六とおちよは、顔を見合わせた。

「そういや、助六。あんた、これから気をつけなくちゃいけないよ。浮気なんかした日には、きっとこの娘に頭をかち割られるからね」

去り際に、おスミ婆さんが振り返ってにんまりと笑った。

「へえっ？　浮気なんかするはずねえさ。俺はおちよのことをめっぽう大事にするさ
……って、頭をかち割られるって、そりゃどういう意味だい？」

「おちよはなかなかの力持ちだよ。惚《ほ》れた男に会いたくて、あんなに頑丈な男物の傘を、ぼきんと叩き折っちまうんだからね」

「えっ？」

大八車に轢かれたというのは、まさか、まさか……。

「嫌だ！　おスミさん！　内緒にして、って言ったでしょう！」

おちよが真っ赤な顔をして目を伏せた。

まっさらな蛇の目傘をひしと胸に抱く腕が案外太くて逞しいのに、助六は初めて気が付いた。

枕屏風――泉ゆたか

十五夜の月が空にかかる頃になると、決まって三太《さんた》が向かうのは谷中笠森稲荷《やなかかさもりいなり》の参道にある水茶屋だ。

目当ては水茶屋の看板娘――ならば良いが、生憎《あいにく》、三太にはまさに〝水茶屋の看板娘〟としてかつてお江戸でそこそこ名を馳せた、別嬪《べっぴん》の姉がいた。

三つ上の姉は、昔から相当気が強かった。外では艶《つや》っぽい格好をして客に流し目なぞくれているくせに、家では「おい、三太」なんて、野太い声で呼びつけては、「ひとっ走り、お団子を買っておいで」と、顎で使う。

真夏の暑い盛りには、着物の裾《すそ》をたくし上げて、中に団扇《うちわ》で勢いよく風を送っているのを見てしまったし、可愛らしい声を保つためにと、毎晩塩水でごろごろぐおっと獣の唸《うな》り声のような嗽《うがい》をしていたのも知っている。

幼い頃から女の華やかな姿の裏側は知り尽くしたので、三太はいくら美しく装った女を目にしても、周りの若い男のようにすぐに夢見心地になってしまうことはない。

三太が胸をときめかせるのは、水茶屋で出される甘い甘い京菓子だ。

参道を少し外れたところの小さな菓子屋からまとめて買い付けている京菓子は、名店鈴木越後《すずきえちご》に負けずと劣らない見事な味だ。

朝早いうちから長蛇の列ができて、店が開くと同時に売り切れてしまう京菓子を、ここの水茶屋に行けば必ず食べられる、とこっそり教えてくれたのはあの姉だ。

この月もたくさん働いたご褒美に、三太は決まってこの水茶屋で、今、お江戸で評判の甘いものを頬張って、至福の時を過ごしていた。

「ねえねえ、三太さん、團十郎《だんじゆうろう》の『助六』、思ったとおりの大評判だねえ」

顔馴染みの水茶屋の娘が、三太に気軽に声を掛けてくる。

我儘者《わがままもの》の姉に仕えて育った弟分の気質が見抜かれるのか、太っちょの見た目が気安いのか、ここの娘たちは、まるで女友達とお喋《しゃべ》りするように三太に接してくる。

「急な七代目の襲名には気を揉んだけれどね、やっぱり成田屋《なりたや》はさすがだよ。お家芸の『助六』となったら、何から何まできっちり仕上げてくるんだからねえ。俺は、團十郎が好きだねえ。好きでたまらないさ」

「わかるわ、あたしもよ。團十郎って素敵よねえ」

〝女々《めめ》しい〟なんて馬鹿にされることなく、こんな話を気楽にできるのは、水茶屋の良いところだ。

外でこの調子で熱っぽく「團十郎が好きでたまらない」なんて言ったら、すぐに、それは男色の話かと下種《げす》な顔で喜ぶ奴らが現れる。

まったく生きにくい憂《う》き世《よ》だ。

甘いものが好きなのも、歌舞伎役者への興味も、すべて姉の影響だ。はじめは嫌々付き合わされたものでも、いつの間にか己の身に沁《し》みついてくる。

あの姉にはさんざんこき使われたが、この憂き世を生き延びるための素敵な気晴しをたくさん教えてくれたことだけは、心から感謝していた。

「じゃあな。十五夜の頃にまた来るよ」

今では三人の幼な子の世話で日々髪を振り乱しているであろう姉のことを思い出しつつ、保呂里《ほろり》長屋に戻る。

「ああ、甘いものってのはいいねえ。身体に力が漲《みなぎ》るよ」

一月分《ひとつき》の疲れがさっぱり取れた気分で、三太は懐《ふところ》に入れた焼き芋を取り出した。焼き芋は焼き上がったばかりの熱いうちよりも、冷えてからのほうがより甘い。これを土産《みやげ》に買ってくるのも、水茶屋帰りの楽しみの一つだ。

紙で包んだ焼き芋を隙間風が当たる上がり框《がまち》のところに置いてから、搔巻《かいまき》を身体に巻き付けて横になった。

と、がたんと大きな音が響き渡って、天井からぱらぱらと埃《ほこり》が落ちた。

「ちっ、隣の権助《ごんすけ》だな。まったく、なんだってあんなに乱暴なんだろう」

隣の部屋の権助が力いっぱい戸を閉めた音だ。

権助は、険しい目に野太い声、冬でも日に焼けた浅黒い肌に、馬のような筋をした、いかにも腕っぷしが強そうな男だ。

朝でも昼でも晩でも、顔を合わせると「おうっ！」と一言、怒鳴りつけるように言う。

一応、挨拶はしているのだから無礼なわけではないが、乱暴で人を圧する雰囲気が男らしいと信じているような態度は、明らかに三太とは気が合わなそうだ。

三太は、小さく咳《せき》をして、顔の上に落っこちてきた埃を払った。

その夜、三太は夜中に厠《かわや》に起きた。

「なんだ、なんだ。昼にお茶をがぶがぶ飲み過ぎたかねえ」

近所を起こさないようにと息を殺して外に出て、用を足したら月明かりを頼りに真っ暗な路地を素早く進んだ。

と、己の部屋の前にしゃがみ込んだ人影を見つけた。

ぎょっとして立ち止まる。

賊か幽霊でも現れたかと、慌てて物陰に身を隠す。

子供が駄々を捏《こ》ねているような鳴き声が聞こえて、大家さんのところのミケが一緒だと気付いた。普段は大家さん以外にはツンと澄ましている猫なので、こんな甘えた様子は珍しい。

少し気が解《ほぐ》れた気持ちで目を凝《こ》らした。

己の部屋の前ではない。隣の権助の部屋の前だ。

そこには、ひとりの美しい女の姿があった。

艶めいた洗い髪が月の光に照らされていた。横顔は寂し気で、切れ長の目からは、一筋の涙が流れ落ちている。大人びた顔立ちなのに、僅《わず》かに開いたあどけない唇。ミケを撫《な》でる手つきはどこまでも柔らかく優しい。

三太は、はっと息を呑んだ。

足元でぴしりと小枝が鳴った。

ミケが素早く身構えて、こちらを向いた。

「……いけねえ」

ミケが走り去ると同時に、女の姿は幻のように消えた。

結局それからろくに眠れず、空が明るくなる頃までぼんやりしていた。

先ほど目にした女は権助の部屋に消えた。人目を気にして、慌てて男の部屋に戻った。つまりあの女は権助の恋人だと考えるのが普通だろう。それもどこか訳ありの。

だが――。

女の寂しげな横顔が胸を過《よぎ》った。頰《ほお》を伝う一筋の涙。

男がらみの秘密を抱えた女というものは、頰が狸の置物みたく丸々艶々する。今ではすっかり尻に敷かれている亭主と、まだこっそり逢引《あいび》きをしていた頃の姉がまさにそうだった。

あの女はとてもじゃないけれど、恋人の部屋で内緒の逢引きを楽しんでいるふてぶてしい姿には見えなかったぞ。

障子《しょうじ》の向こうの暗闇がほんの僅かに白く変わった頃、長屋のどこかの戸が開く音がした。

三太は急いで飛び出した。

「おやっ？　三太かい？　朝早くから珍しいねえ」

この長屋でいちばん早起きなのは、ひとり暮らしのご隠居さんだ。

まだ空が暗いうちから起き出して、表で手足を動かしたり伸びをしたりしている。

「ご隠居さん、ちょっといいですかい？」

三太が声を潜めると、ご隠居さんは内緒の話と気付いて「ああ、もちろんだよ。何か困ったことが起きたのかい？」と目を輝かせた。

「ご隠居さんは、毎朝、暗いうちには起きていらっしゃいますよね？」

「ああ、そうだよ。齢《とし》を取ると、年々、早寝早起きの度合いが増していくもんだよ。昨晩なんて夕暮れ前には眠くなっちまったよ」

「権助の部屋の前で、女を見たことはありませんか？」

三太の言葉を聞いたその時、ご隠居さんの目が見開かれた。

「見た、見たよ！　あれだろ？　あれ、あれ」

ご隠居さんが前のめりになって、人差し指であちこちを指す。

「洗い髪で悲しそうな顔をした、綺麗な女でしたか？」

「そう、そうだよ！　細かいところは暗くて見えやしなかったけれどね、洗い髪だったのは確かだね。なんだか悪いところを見ちまったね、って年甲斐もなく顔が赤くなっちまったよ」

ご隠居さんが、照れ臭そうに頬を叩いた。

「あの女がどうかしたのかい？　おそらく権助の女だろう？　きっと訳ありだよ。三軒隣まで鼾《いびき》が聞こえる安普請《やすぶしん》で、あんたも落ち着かないだろうけれどね。野暮な勘繰りはしないで放っておいておやりよ」

ご隠居さんがわかるだろう、という顔で笑った。

三太ははっと息を呑んだ。

三太の部屋と隣の権助の部屋とは、ご隠居さんの言うとおり薄い壁一枚で区切られただけだ。

しかし壁越しに女の声や気配が聞こえてきたことは、これまでに一度もない。

いくら秘密の仲であろうと、恋人同士ならば気安い会話のひとつくらいはあるだろう。それに――。

三太はかっと頬が熱くなったところを、慌てて大きく首を振る。

違う違う、そんな呑気《のんき》な話ではないのだ。

三太が、そしてご隠居さんが目にした女が幽霊ではなく生身の人ならば、あの女は権助の部屋で決して口をきくことを許されず、物音ひとつ立てることを許されずに暮らしているということだ。

月を見上げて涙を流す女の姿が、胸に蘇《よみがえ》った。

あの女は権助に攫《さら》われて囚《とら》われているのかもしれない。そして時折、権助が寝入っている僅かな隙に月を眺めて、外の世界に想いを馳せているのだ。閉ざされた女の心をわかってくれるのは、ミケたった一匹だけ――。

「……助けなくちゃ。あの女《ひと》を助けなくちゃ」

三太は眉間に深い皺《しわ》を寄せて呟いた。


「おうっ！」

犬の吠《ほ》え声のような権助の朝の挨拶に、三太は背筋を伸ばして向き合った。

「権助、おはよう！　良い天気だね！」

この男が悪い人攫いかと思うと、声が僅かに震えた。

「な、なんだ？　気味悪《わり》ぃな。人の顔をじろじろ見るんじゃねえやっ！」

権助がいかにも面倒くさそうに、思いっきり顔を顰《しか》めた。

「話があるんだよ。入れて貰えるかい？」

三太は密《ひそ》かに拳を力いっぱい握り締めた。

「はあっ？　駄目だ、駄目だ！　そっちが話があるってんなら、手前《てめえ》の部屋にお招きするのが筋だろうがっ！　俺の部屋は、駄目だったら駄目だ！」

権助の目が泳いだ。額に汗が滲《にじ》む。明らかに焦っているのがわかる。

三太は、素早く権助の背後に目を走らせた。もちろん部屋の中に女の姿はない。

「なあ、権助、あの女《ひと》は誰だい？　昨晩この部屋の前にいた、洗い髪の綺麗な女だよ」

権助が、ひいっと悲鳴のような声を上げた。

力いっぱい三太の腕を摑《つか》んで、瞬《また》く間に部屋に引きずり込む。

「い、今、何て言った？　女だって？　そんなものは手前の見間違いさ！　俺には、心当たりなんてどこにもねえさ！」

権助の額から大粒の汗がぽたりと落ちた。

権助の部屋には微《かす》かに女ものの香の匂いが漂っていた。姉がたいそう好んで、墓場のようにもくもくと焚《た》きしめていたあの安っぽい香と同じ匂いだ。

間違いない。この部屋に女がいる。

「……枕屏風をどかしてもいいかい？」

「いいわけがねえだろう！　おいっ！　三太！　手前、あんまりふざけちゃいけねえぜ？　ここは、俺の部屋だ。とっとと出て行きやがれ！」

恐ろしい顔で怒鳴《どな》りながらも、ほんとうに出て行かれて噂を立てられては困るのだろう。

権助は、三太の腕をしっかり掴んで離さない。

鼻っ面に皺が寄って、今にも噛みつこうとする狂犬のようだ。

こんな怖い顔で凄《すご》まれたら、あの女はきっと心底怯え切ってしまったに違いない。

生き延びるためにはこの男の言いなりになるしかないと、諦めてしまったのだろう。

なんて可哀想なんだろう。一刻も早く助け出してあげなくては。

「駄目だ！　あの女《ひと》に会わせてくれ！」

三太は権助の腕を振り払った。

「やめろ、やめろ！」

喚《わめ》き散らして襲い掛かってくる権助を、力いっぱい投げ飛ばす。

いくら凄まれたって、殴られたって怖くない。あの女を助けなくちゃいけない。

三太は枕屏風を勢いよくこちらに倒した。

「えっ？」

誰もいない。ただ、丁寧に畳んだ女ものの着物と鏡が置いてあった。

「ううっ……」

権助が両掌《りょうて》で顔を覆って、その場にくずおれた。

「なあ、権助、これはどういうことだい？」

あっ、と気付く。着物の脇に、長い洗い髪の鬘《かつら》が置かれていた。

「……手前の部屋でただひとり、女のなりをしているときが、俺にとって唯一心が休まるときなのさ」

権助が絞り出すような声で言った。

「死んだ親父は、頭の固い人でね。息子が女のなりをするなんて決して許さねえ、って、烈火のごとく怒り狂って、怒り狂って、怒り過ぎて頭の線がぷちんと切れて死んじまったよ。俺のせいで死んじまったんだ」

権助がぐすり、と洟《はな》を啜《すす》った。

「だから俺は、親父が望んだみてえな男らしいい、い、い、男にならなくちゃいけねえ、って。女のなりをしているのなんて、決して誰にも見つかっちゃいけねえ、って」

権助の頬にすっと一筋の涙が伝った。僅かに唇が開く。

——ああ、あの女だ。

三太は心の中でゆっくり唱えた。

ミケをそっと撫でていたあの物腰は、紛《まぎ》れもなく心の優しい女のものだった。

乱暴な仕草で怒鳴り散らす恐ろしい男の権助よりも、物腰柔らかなあの女のほうがずっと素敵だ。

「笑いものにしたけりゃしろよ！　気味悪い奴、って長屋から追い出されたって、俺はちっとも構やしねえさ！」

権助が破れかぶれの様子で啖呵《たんか》を切った。

目頭に溜まった綺麗な涙を、男の仕草で雑に拭《ぬぐ》う。

あーあ。あっという間に終わっちまった短い恋だったなあ。

三太は心で呟いて、苦笑いを浮かべた。

「……権助、お前のことは気が合わなそうなお隣さんだな、って思っていたけれどね」

三太は権助の顔を覗き込んだ。

「もし良かったら、うちに遊びに来ねえかい？　昨晩買った焼き芋が、いい具合に冷えているはずだよ」

「焼き芋だって？　それも前の夜から冷ましていた、だって？」

訊き返した権助の男言葉には、十五の娘と同じくらい華《はな》やいだ声色がほんの僅かに混じっていた。

「そうだよ、包み紙にまで蜜《みつ》がじゅわっと染みて、きっと頰《ほ》っぺたが落っこちるくらい美味《うま》いよ。どんな悩みも飛んじまうさ」

三太は権助の背を支えて起こした。

「あんた、歌舞伎は好きかい？　うちには團十郎の錦絵がたくさんあるよ。姉さんが嫁に行くときに、これまで集めていたものをすべて受け継いでいるからね。今では珍しい先代のものまでちゃんと揃《そろ》っているさ。眺めているだけで頰っぺたがにやって緩んで、胸がぽかぽかするよ」

「團十郎ですって？　あたし、だいすきよ！」

権助の口から、鈴を震わせたような可憐な声が飛び出した。

「おうっと、なんだ。気が合うねえ。俺も團十郎が好きさ、あいつのとんでもなく豪快なのに、ちらりと色気の零れる芝居が、好きで好きでたまらねえよ」

「きゃあ、嘘でしょ！　あたしもまったく同じよ！」

権助が両掌を頬に当てた。

「なんだい、俺たち、いい友達になれそうだねえ。さ、さ、遠慮しねえで遊びにおいでよ」

三太が小走りに表に駆け出すと、「待って、待って、今すぐ行くってば」と、野太くて明るい姉の声が追いかけてきた気がした。

濡れ衣

泉ゆたか

小雨の降り出した路地の端に、一つの財布が落ちていた。三枡《みます》紋に、末吉《すえきち》の掌《てのひら》くらいの大きさの男物の巾着袋だ。古いものだろう。角がひどく解《ほつ》れている。

「おうっと、誰の落とし物だ？　不用心だな。夜のうちに落としちまったのかねえ」

巾着袋はずしりと重い。保呂里《ほろり》長屋の皆の顔が次々に思い浮かぶ。

と、頬《ほお》にぽつんと大きな雨垂れが落ちて、末吉は思わず空を見上げた。空は梅雨《つゆ》の黒い雲で覆われていた。

「こりゃ、ざっと降り出しそうだ」

休みの日の朝早くから湯屋に行くのは、末吉にとって何よりの楽しみだ。朝いちばん、まだ湯屋が混み出す前。とんでもない早起きの年寄りに混じって新しい湯に浸《つ》かると、日々の疲れがすっきり落ちる。汗まみれになる辛い木挽《こびき》の仕事にも、明日からまた一所懸命励もうと力が湧く。

周囲を見回すと、まだ長屋の戸はほとんど閉じたままだ。こんな梅雨どきの雨模様の日は皆が朝寝坊だ。

ひとつ走り湯屋に行って戻ってきてから、改めて持ち主探しをしてやればいいだろう。

末吉は巾着袋を懐《ふところ》に放り込むと、早足で湯屋に向かった。

さっぱりして戻って来た末吉が目にしたのは、ぎくりと肝が冷える光景だった。

「見当たらないかい？　いやあ、困ったねえ。あたしの全財産が入っているんだよ。草の根分けてでもきっと探し出さなきゃいけないよ。いやあ、困った、困った」

保呂里長屋の大家の河兵衛《かわべえ》が、額に汗を掻《か》いて道端を右往左往していた。

「ええっと、長屋の入口まではちゃんと持っていた、ってのは、確かなんですかい？　もしかしたら酔っぱらって、表通りのあたりで……」

長屋の住人、気弱で太っちょな人夫の三太《さんた》が、人の好《よ》さそうな顔で草むらをごそごそやっている。せっかく朝寝坊を楽しんでいたところを叩き起こされて、財布探しに駆り出されてきたのだろう。元から八の字に下がった眉が、今日は一層情けなく見える。

「なんだって？　あたしが勘違いをしているっていうのかい？」

河兵衛が三太を鋭い目で睨んだ。

「間違いないよ、帰りに路地の入口のところで、ちゃんと懐にあるかを確かめたんだ。こうやって、ちゃりん、ちゃりん、ああ良かった、今日もお前はちゃんとここにいるね、ってね」

河兵衛が懐に手を入れると、足元に控えていた三毛猫のミケが、何か貰えると思ったのか目を細めて鳴き、河兵衛の足元に身を摺《す》り寄せた。

「へえっ、俺は財布にそんな優しい声を掛けたことなんて一度もねえです。俺の財布はいつだって、思ったよりちょびっとしか入っていない可愛くねえ奴でさあ。大家さんってのは、よっぽどの大金持ちでいらっしゃるんですね」

三太が丸い頬を綻《ほころ》ばせて他意のない様子で笑うと、河兵衛が少々気まずそうな顔をした。

「いや、そんなことはいいんだよ。兎《と》に角《かく》、あたしの財布を探しておくれ！　見つけてくれたらお礼を弾むよ」

「へえっ、お礼ですか。それじゃあ、もっと身を入れて探しましょうかね。よいしょっと」

「なんだよ、現金な奴だね。おっ、末吉じゃないか。良いところに来たよ」

河兵衛が末吉に向かって大きく手招きをした。

「聞こえていたかい？　あたしの財布がなくなっちまったんだよ。あれがないと大変だ、大変だ、ああ大変だ、ああもう、大変だったら大変だ」

この財布は河兵衛のものだったのか。よりにもよって、何でまた……。

末吉は思わず懐に手を当てかけて、慌てて動きを止めた。

河兵衛はとことん金にうるさい男だ。大家という仕事柄、当たり前には違いないが、毎月晦日《みそか》の店賃《たなちん》の取り立ての日になると目が銭の形になったようにさえ見える。

あたしには泣き落としは通用しないよ、なんて、ツンとした顔のミケを従えて皆のところを訪ね歩いては、だらしないひとり身の男たちの尻を叩くようにして、一文残さずきっちり取り立てる。

ほんとうに金に困っている家には、寛大な扱いをしているようだという噂もあるが、そのお目こぼしは決して他言してはいけないと厳しく口止めされているらしい。

「起きてすぐに気付いて、この路地一帯を探して回ったんだよ。三太にも手伝わせてねえ。でも、これだけ探して見つからねえってこたあ、誰かが盗んで持って行っちまったのかもしれないねえ」

河兵衛が忌々《いまいま》しそうに言った。財布が見つからない焦りのせいか、店賃が十日も遅れたときのような怖い顔だ。

「えっ？　盗みだって？　大家さん、そんな悪い奴ぁ、この長屋にいるはずがないよ。ここのみんなは正直もんさ！　な、三太？」

末吉は慌てて、裏返った声で答えた。

いちばん恐れていたことになってしまった。

落ちていた財布を盗んで、自分のものにしてしまうつもりなんて毛頭なかった。

ただ、いかにも雨が勢いよく降り出しそうな空の下、見つけた財布をそのまま地べたに放《ほ》っぽって素通りするわけにはいくまい。朝早くに皆を起こしてはいけない。早く湯屋に行って、一番風呂に入りたいと――。

いつの間にか、空は嫌なくらい真っ青に晴れ渡っている。

額をぴしゃりと叩きたくなる。

「どうだかねえ。人には出来心ってもんがあるから、わからないよ」

河兵衛は、疑い深そうな目で長屋を見回す。

「わかった、わかったよ。とりあえず、今は、湯屋から戻ったばかりだからね。風呂の道具を置いて、部屋でちょっと休んだら、俺も一緒に探させていただきますよ」

「いやあ、そうかい。悪いがよろしく頼むよ。あたしの大事な大事な財布、どうしても見つけなくちゃいけないんだよ」

河兵衛は末吉に拝むように手を合わせた。


一緒に探し始めてすぐに、草むらの奥の奥に落っこちていたのを見つけた、ってことにしたらどうだろう。いや、そんなうまい芝居が打てる自信はない。

それに、あの河兵衛のことだ。自分からお礼を出すなんて言ったせいで、より疑い深くなっているに違いない。

少しでも嘘臭いところを見せたら、財布を盗んだ末吉が、見つかるのが怖くなって、はたまたお礼をもらったほうが得だと思い直して大家さんを騙そうとした、という筋書きが出来上がってしまうのが目に見えていた。

「どうしたもんかなあ……」

末吉は戸を締め切った部屋の中で、ずっしり膨らんだ三枡紋の財布を睨んだ。

「ねえ、末吉さん、ちょっといいかしら？」

戸口で聞こえた女の声に飛び上がった。

慌てて財布を懐に押し込んで、表に駆け出した。

「なんだい？　ああ、おみわさんか。珍しいね。どうかしたのかい？」

おみわは、保呂里長屋のいちばん奥まったところでまだ五つほどの息子の太一《たいち》と二人きりで暮らしている、うら若い後家さんだ。

同じ長屋のご隠居から、亭主は太一が物心つく前に病で亡くなったと聞いてから、同じく父を知らない末吉は何かと太一を気に掛けて遊んでやっていた。

太一はなかなかのいたずらっ子で、近所の大人に叱られてばかりのやんちゃ坊主だ。だが末吉の顔を見ると、遠くからでも両腕を広げて満面の笑みで飛んでくるのが可愛らしい。

正直なところ、太一をここまでいちいち可愛がってやっているのは、おみわが「末吉さん、いつも太一をありがとう」と微笑んでくれるその時が楽しみだ、というのもあったが。

こんな時じゃなければ、おみわと二人で話せるなんてそれだけで小躍りするほど胸が高鳴るはずなのに。

「大事な話があるの。ここじゃ何だから、うちに来てちょうだいな。大家さんには見つからないようにね」

おみわは鋭い目をして声を潜めた。

末吉の胸が、ぎくり、と震える。

おみわは目配せをして頷いた。

路地の入口で、「大家さん、蚊に刺されちまいましたよお」とか「うわっ、蟻の大行列だよ。こんなところに飴玉を捨てたのはいったい誰だい」なんて大騒ぎをしている三太と河兵衛の姿に、素早く目を走らせる。

ああ、なんてこった。おみわに、俺が財布を拾ったところを見られていたのだ。

河兵衛は引き立てられる罪人のようにしょんぼりと肩を落として、おみわの後に従《つ》いて部屋に向かった。

きっとおみわは末吉に、大家さんに正直に打ち明けなさい、と諭《さと》すに違いない。いやいやそれは違うんだなんてどれほど言い訳をしても、その場を見られてしまってはどうしようもない。よくて「いいのよ、人には出来心ってもんがあるわ」なんてはなから決めつけた答えだろう。

情けねえったらないよ。

「どうぞ、上がってくださいな」

框で草履《ぞうり》を片付けるおみわの声が、強張《こわば》っていた。

「へえ、お邪魔いたします」

末吉は叱られた子供の顔で、狭いながらも綺麗に片付いた部屋に腰を下ろした。

太一の姿はない。どうやら表に遊びに出かけたらしい。

「ええっと、それでね」

おみわは何から言い出そうかという顔で、目をあちらこちらに泳がせている。

ああ、俺は今まで息子の太一のことを可愛がってくれる素敵なご近所さん、として格好つけていたつもりだったのに。今日からは落とし物をネコババする信用ならない盗人、に格下げだ。

こんな情けねえ男じゃ太一にも合わせる顔がない。これから先は私たち親子には関わらないでくれ、とやんわりと告げられるに違いなかった。

覚悟をして項垂《うなだ》れた末吉に、おみわから意外な言葉がかけられた。

「あのね、大家さんのお財布、ここにあるの。前に大家さんが、江ノ島のお土産でお金が貯まるって評判のお財布だ、って話していたから間違いないわ」

おみわが恐る恐る、という様子で大きく弁財天が描かれた巾着袋を差し出した。

「ええっ？」

何が何やらわからない。末吉は呆気に取られてぽかんと口を開けた。

「朝、框のところに置いてあったのに気付いたの。太一にこれは何？　って訊いたら、わかんないよ、なんて言って一目散に外に走って行っちゃったわ。きっと夕暮れどきに拾って、私に言い出すのも忘れてそのままにしていたのよ。慌てて返しに行こうと思ったんだけれど……」

おみわが肩を竦《すく》めた。

「あの剣幕じゃあ、言い出せやしねえよな」

末吉は心から大きく頷いた。

「大家さんには前から『小さい子がいると、いろいろと物入りだろう』って店賃をまけてもらっていて、頭が上がらないのよ。そんなにお世話になっているのに、ほんの何日か前、太一が大家さんのところのミケに墨《すみ》で眉毛を描いちまったでしょう」

「覚えているぞ。あんなに怒った大家さんを見たのは、久しぶりだったな」

海苔《のり》を貼ったような太いげじげじ眉になったミケを抱いた大家さんは、泣き喚く太一をふん捕まえて、「あんたのところの躾《しつけ》は、いったいどうなっているんだい？」

と、さんざんおみわに文句を言っていた。

「あの時こっぴどく叱られた仕返しに、太一が大家さんの財布を盗んだ、なんて思われたらどうしよう、って、不安で不安で。もしそんなことになったら、この長屋を追い出されるんじゃないか、って……」

「まさか、大家さんがそんなこと思うはずないだろう！」

末吉は大きく首を横に振った。

「そりゃ、太一は、なかなかの悪戯《いたずら》坊主だけれどな。餓鬼《がき》なんてみんなそんなもんさ。大家さんだって、手前が五つの頃どれほど悪たれ坊主だったか忘れちゃいねえよ。あの人は、一見底意地が悪くてがめついけれどね、女と子供と老人と猫、って自分より弱いものにゃ、とことん優しい人だよ」

勇気づけるようにおみわの肩をとん、と叩く。

「そうかしら？　なんだか私、ミケのことで叱られてから、ちょっと気弱になっちゃって」

縋《すが》るような目で見つめられて、末吉は頰にぽっと熱を感じた。

「なら、俺が一緒に行ってやるさ！　万が一、大家さんが嫌味を言ってきたら、太一は盗みなんてする子じゃねえよ、ってきっぱり言い返してやるよ」

うんっ、と胸を張った。

「ありがとう。末吉さんに打ち明けてよかったわ」

今にも泣きだしそうな顔をしていたおみわが、ほっとしたように微笑んだ。

「いいってことよ。俺に任せておきな」

得意げな気持ちで言いながら、あれっ？　と思う。大家さんのものではないのなら、懐にあるこの財布はいったい……。

「なあ、おみわさん、俺の言うことを信じてくれるかい？」

意を決して、懐から三枡紋の財布を取り出した。

雨が降り出しそうだったから。まだ皆が眠っている朝だったから。早く湯屋に行って一番風呂に入りたかったから――。

汗を掻き掻き、言葉に詰まりながら必死で事情を述べる末吉の言葉を、おみわは最後まで小さく頷きながら聞いていた。

「……これは、亡くなった亭主の形見の財布よ」

「ええっ!?」

つまりこの財布は、おみわが落とした物だということか。

他人の話ならまだしも、おみわが財布の持ち主だとなると、一気に事情は変わってくる。

こんなに金がたくさん入った、それも亡くした亭主の形見の大事な財布だ。おみわは、相当、冷や汗を掻いたに違いない。

そのおみわの前で、「早く湯屋に行って、一番風呂に浸かりたかったもんで」なんて馬鹿なことをぽろっと口を滑らせてしまったのを、心から後悔する。

「そ、そうだったのかい。それじゃあ、俺の言うことなんて信じられるはずがねえよな。疚《やま》しいところがねえっていうなら、なんですぐに届けに来ねえんだ！　後で返そうと思ってたなんて都合の良い話、信じられるかい！　って、俺だったら間違いなくそう思うさ」

ああ、せっかくうまく行くかと思ったのにすべてが台無しだ。

末吉は泣きたくなるような心持ちで、己の額を力いっぱいぴしゃりと叩いた。

「末吉さん、あんたの言うこと、ぜんぶ信じるわ」

思いがけない言葉に、まさかと顔を上げた。

おみわが小首を傾げて、お天道さまのように暖かく笑った。

「き、気を使わなくていいんだよ。さっきの約束はちゃんと果たすよ。それとこれとは別の話さ。気持ちがすっきりしねえことになっちまって悪かったねえ」

「そんなんじゃないわ。どうぞご覧なさいな」

おみわが亭主の形見の巾着袋の紐《ひも》を緩めると、中から、小石やおはじき、どんぐりや陶器の欠片《かけら》がざっと流れ出した。

「えっ？」

末吉は呆気に取られてぽかんと口を開けた。

「この財布に入っているのは、太一のおもちゃのお金よ。やっぱり知らなかったのね」

おみわが形の良いどんぐりをひとつ摘まんで示した。きっと太一の宝物だ。

「ああ、知らなかったよ。てっきり中には、大家さんが溜め込んだ銭金がぎっしり入っているんだとばっかり……」

「いくらでも隙《すき》があったのに。拾った財布の中身を確かめてないなんて。そんな盗人《ぬすっと》がいるはずないわ」

おみわは優しい目で末吉を見つめると、末吉の掌を両手でそっと包んだ。

「おみわさん、俺は、ずっと前から太一のことを。いんや、あんたのことを。いやいや、やっぱり太一のことを。ええっと、ええっとな……」

太一が指先でいくつも穴を開けた障子《しょうじ》の向こうに、晴れ渡った青空が覗いていた。

きたなたろう

泉ゆたか

きたなたろうに出会ったのは、五十で亭主を亡くしたおとみが、王子《おうじ》村の家から保《ほ》呂《ろ》里《り》長屋に引っ越してきた夏の終わりのことだった。

王子村の小さな家には三十年住んだ。

何事もきっちりしていなくては気が済まない几帳面なおとみと、そんなおとみの気配りを逆撫《さかな》でするようなことばかりする、だらしなく適当な夫。

いつもおとみが文句を言っては、亭主のほうは、うるせえうるせえと言い返す。喧嘩ばかりの夫婦だったが、結局相手が死ぬまで添い遂げた。

亭主と一緒に暮らしていたときは、おとみの仕事を増やすばかりの厄介者だとまで思っていた。

だがいざ見送ってみると、小さな家が妙に広く感じた。

張り切って掃除をして誰にも邪魔されない思い通りの家に整えても、何かを置き忘れたような息苦しさがいつまでも消えない。

家の前の畑で採れた菜は、食べきれずにすぐに駄目になってしまう。近場で暮らす息子の家族に会いに行っても、家に戻ると余計に寂しさが増した。

そのうちひとりの暮らしに気が滅入《めい》ってしまい、家族と暮らした地を離れて新たな場所に移ってみようかと思った。

誰も己のことを知らないお江戸の真ん中で、炊事場の手伝いでもしながら、小ぢんまりと気楽に暮らせば、この胸の曇りも晴れる気がしたのだ。

「おやっ、あんた、どうしたんだい？　風邪でもひいたかい？」

路地の入口にある大家さんの家に、引っ越しの挨拶に行ったところだった。

長屋の井戸の脇で、水たまりの泥水を舐《な》めている猫を見つけた。茶色と黒の縞のキジトラ柄の牡猫《おす》だ。

キジトラ猫が顔を上げると、洟水《はなみず》がだらんと垂れ落ちた。

猫のくせに釣り目ではなく、狸《たぬき》のように剽軽《ひょうきん》な真ん丸の目をしている。

大家さんの家の床の間に鎮座していた、綺麗な三毛猫の姿を思い出す。お江戸の真ん中の神田講談町《かんだこうだんちょう》ともなると、王子村の片田舎とは人の様子もずいぶん違う。ここでは飼い猫まで取り澄ましてツンとしているのか、と少々気後れしてしまった、まさにその帰り道だ。

「あら、いやだ。汚い子だねえ。あんたは、きたなたろうだねえ」

おとみは言葉とは裏腹に優しい声を出して、ちり紙でキジトラ猫の洟水を綺麗に拭いてやった。

首を振って逃げようとするのを、後ろから首に手を添えて丹念に鼻を拭く。

今では二人の子の父親となったひとり息子と過ごした、遠い昔を思い出した。外で遊んで泥塗《どろまみ》れになったり、この猫のように青っ洟をたらりと垂らしていたり、着物に味噌汁を零《こぼ》したり……。

汚れたままで逃げ回る息子を「こら、こら、きたなたろうや、こっちへおいで!」なんて手拭いを持って追いかけると、息子はその名で呼ばれるのが可笑《おか》しくて、きゃっきゃと嬉しそうに笑ったものだ。

キジトラ猫は身体《からだ》の具合が悪いのかと思ったが、ただ道端の草にでも鼻をくすぐられて、大きなくしゃみをしたばかりだったようだ。洟水を拭き取ってやったら、なかなか愛嬌があって顎《あご》の大きなたくましい顔をしている。

「ねえ、ねえ、その子、おばちゃんの猫かい？」

振り返ると、いかにも悪戯坊主《いたずら》という顔をした五つくらいの少年が、舌なめずりをするような顔でキジトラ猫を眺めていた。

そのへんの野良猫だよ、なんて答えたらたいへんだ。墨《すみ》で顔に眉を描いたり、尾っぽに蝶々結びでひもを括《くく》りつけたりと、悪戯を仕掛けるつもりに違いない。

「そうだよ、この子はうちの子だよ。いたずらをしたら、おばちゃんが承知しないよ」

慌てて答えた。

わざと怖い顔をして、めっ、というと、少年は「おらは、猫ちゃんにいたずらなんかしないさ」と、急にばつが悪そうな顔をして唇を尖らせた。

「そうかい、ならよかったよ。確かにあんたは、いかにも良い子らしい顔をしているよ」

おとみは擦《す》り傷《きず》だらけの少年の頰を人差し指でちょいと触って、息を抜いて笑った。

「ねえ、おばちゃん、この長屋に新しく引っ越してきたって人だね。おらは太一《たいち》ってんだよ」

　太一が自分の鼻の頭を指さした。

「私はとみ、だよ。これから、この長屋でお世話になるよ。おっかさんにもよろしく言っておくれね」

「その子は、何て名だい？」

　太一がキジトラ猫を指さした。

　いつの間にか、先ほどのキジトラ猫はおとみの脇に寄り添っている。笑顔と見まがうような、何とも気の抜けた豊かな顔つきだ。

「……きたなたろうだよ」

　思わずそんな言葉が口から流れ出た。

　太一は「へえっ、きたなたろうだってさ」とのけぞって、げらげらと笑った。

「やあ、おとみさん、おはよう。あんたのところのきたなたろうが、さっき大家さんのところのミケに追いかけ回されていたよ。ミケは可愛らしい顔をしてとんでもなく気が強いからねえ。少しでも顔つきが気に入らねえ猫には、手加減なしにばりばりばりってやっちまうんだよ。おお、怖い怖い」

られていたわよ」

「あら、おとみさん、おはよう。きたなたろうなら、さっき厠《かわや》を覗《のぞ》いて助六《すけろく》さんに怒

次の日には、おとみが路地を歩くと、ご隠居さんや近所の皆がこんな調子で気軽に話しかけてくるようになった。

皆、今にもぷっと噴き出しそうな顔をして「きたなたろう」と呼ぶ。思い付きでつけた妙な名だったが、長屋の皆も気に入ってくれたようだった。

成り行きで部屋に入れて飼うことになってしまった。だが、きたなたろうは、まるで前からずっと一緒に暮らしていたかのようにおとみの部屋にすんなり馴染《なじ》んだ。

朝は寝坊で、日が高くなるくらいまでおとみの部屋で眠りこけている。昼になると散歩に出かけて、日が暮れた頃に部屋に戻ってくる。それから晩飯を喰ってごろごろとうとしてから、おとみが行燈《あんどん》の灯を消す頃にまた夜の散歩に出かけた。

きたなたろうはだらしない猫だった。いつも眠そうにしていて、餌の器に首を突っ込んだままでも平気で眠る。大の字になって豚のような鼾《いびき》を掻《か》く。

毛並みに表の枯れ葉や泥を引っ付けたまま部屋に入ってくる。蟬《せみ》の抜け殻やトカゲのしっぽを咥《くわ》えて戻ってきては、そのへんに放っておく。だが、なぜかいちいち追いかけまわして濡らした手拭いできっちりと拭いて、という気分にはならなかった。

「あんたの名は、きたなたろうだものねえ」

その名を呼んでしまうと、少しくらい框《かまち》に泥の足跡を付けられたり抜け毛を飛ばされたりしても、まあ仕方がないか、と気が抜けた。

きたなたろうが長屋の人気者になるのと時を同じくして、おとみも長屋の皆とあっという間に打ち解けた。

作り過ぎたおかずを届け合ったり醬油《しょうゆ》を借りたりといった、ご近所付き合いもするようになった。

日々、すぐ近くで人の温もりを感じながらも、一歩部屋に入れば誰にも気を使わない呑気なひとり暮らしだ。思い描いたとおりの気楽な生活だった。

太一に「きたなたろうのおばちゃん」と呼ばれるのだけは、少々閉口したけれど。

そんなある日、おとみは、きたなたろうの首に見慣れないものが括りつけられているのを見つけた。

「きたなたろう、それは何だい？　見せておくれ」

首に括り付けられていたのは紙を捻ったこよりのようなものだ。開いてみると達筆の文だった。

《最近、うちの雛菊《ひなぎく》は少々、胴が太ってきてしまいましたので、矢鱈《やたら》におやつをあげるのはご遠慮くださいませ》

「雛菊、っていったいこりゃ、誰のことだい？」

おとみは目を丸くした。

しかし雛菊、と聞いたそのときに、きたなたろうの耳が、ぴくりと動いたのは見逃さなかった。

「きたなたろう、あんたって子は、こんな……立派なたいそうな名をいただいている、いいとこのお坊ちゃんだったのかい？」

もう一度「雛菊」とは、意地でも呼びたくなかった。

きたなたろうは、いつもの真ん丸の目で不思議そうな表情を浮かべてから、大欠伸《おおあくび》をする。大口を開け過ぎたせいで、きたなたろうの喉が、けけっと鳴った。

雛菊だって？　そんなお稚児《ちご》さんみたいな名は、ちっとも似合わないよ。この子はきたなたろうだよ。

おとみは、きたなたろうの青大将みたいな縞柄の身体を幾度も撫でた。

気持ち良さそうに目を細める姿を見下ろしながら、胸がざわつくような気持ちが湧いてくる。

考えてみれば、きたなたろうは日中ずっと散歩に出ていた。夜は夜で、おとみが寝る前には夜の散歩に出かける。

こちらは〝散歩〟だと思っていたそのときに、きたなたろうはあちら、こちらの家に〝戻って〟いたに違いない。

ああ、そうだったのか。考えてみればこれほど人懐こい子が、家なしの野良猫のはずがない。

おとみが思わず手を止めると、きたなたろうは訝《いぶか》し気《げ》な顔で振り返った。鋭い声で鳴いて、もっと撫でろと催促する。

「はいはい、わかってるよ」

慌てて耳の裏などを撫でながら、呑気な様子のきたなたろうに、なんだか腹が立つような気分にもなってくる。二重の暮らしがおとみに見つかったとは、夢にも思っていないのだろう。

「嫌だねえ、なんだか浮気男に振り回されている気分だよ」

おとみは大きくため息をついた。

きたなたろうがひょいと土間に飛び降りて、力いっぱい伸びをした。

〝昼の散歩〟に出かける合図だ。

「いっておいで、悪戯坊主に気を付けるんだよ」

おとみの顔を見て一声鳴いて礼を言ったきたなたろうは、わずかに開いた戸口から滑《なめ》らかに身をくねらせて抜け出した。

「あら、きたなたろう、おはよう。今日も目が真ん丸で元気そうねえ」

同じようにまん丸の目をした向かいの部屋のおちよに声を掛けられたりしながら、きたなたろうの背が遠くなっていく。

きたなたろうの姿が路地を曲がって今にも消えそうになったところで、おとみは急いで外に飛び出した。

きたなたろうは表通りの道の端を歩く。女子供が「猫だ！」と歓声を上げれば慌てて塀の向こうへ消え、大八車が通れば溝《どぶ》に潜み、カラスの鳴き声が聞こえれば草むらに飛び込み……と、うまく人目を避けながら進む。

たどり着いたのは、小伝馬町《こでんまちよう》にある呉服屋の大店《おおだな》、福屋《ふくや》だった。

「やあ雛菊、急いで奥に行って着替えておいで。お客さんがお待ちかねだよ」

表を掃き掃除していた女中が、きたなたろうに声を掛けた。

「雛菊」と聞いて、おとみの息が止まる。

と、同時に、先ほどの言葉は聞き間違いかと首を捻る。

着替えておいで、だって？

しばらくどうしたものかと物陰から福屋を覗いていると、ふいに鈴の音が鳴った。

「さあさあ、皆さま！　福屋の看板娘、雛菊が参りましたよ」

大きな籠《かご》を抱えた番頭が現れると、どこから湧いて出たのかというくらいの人が一斉に「わあ！」と声を上げてそちらへ押し寄せた。

籠には分厚い絹布団が敷いてある。その上に座っているのは、花魁《おいらん》のように見事な金刺繍《きんししゅう》の打掛を着せられた、きたなたろうだ。

金刺繍はまだ夏の気配の残る鋭い陽射しに照らされて、下品なほどに眩《まばゆ》く光る。

押し寄せた人々が、代わる代わるきたなたろうの頭を撫でる。目を細めて口元を緩めて、高い裏声で「かわいい、かわいい」と言い募《つの》る。ついでに福屋の店の中に入っていく人も相当いた。

きたなたろうは嫌がる様子もなくただぽけっとしているが、よくよく見ると首には先ほどまではなかった首輪があり、紐で繋《つな》がれている。普段は自由にさせているので、〝看板娘〟の時だけは、客に攫《さら》われないように用心しているのだろう。

「なんだい、こんなの。それにきたなたろうは男の子だよ。看板娘なんかじゃないさ」

おとみは思わず眉間に皺《しわ》を寄せた。

猫に着物を着せるなんて馬鹿げていた。さらに人通りの多い店先で客に入れ替わり立ち替わり触らせて、人寄せに使うだなんて。

いくらきたなたろうが文句ひとつ言わない素直な猫だからといって、そんなの窮屈に決まっている。

「お客さん、そんなところに隠れていないで出ていらっしゃいな。雛菊に触りたいんでしょう？　遠慮はいりませんよ。ぜひぜひそうしてやってくださいな。この子は、まるでお人形みたいな良い子ですからね」

番頭に手招きされて、おとみは飛び退いた。慌てて顔を伏せて、来た道を駆け戻る。

「看板猫はこっちだよ。まるで大名のお姫さまみたいにお利口な猫なんだってさ」

通りすがりの人の話し声が、おとみの耳に残った。

日が暮れた頃、きたなたろうは何喰わぬ顔をしておとみの部屋に戻ってきた。

外を歩き回っていたその足で平然と部屋に上がると、おとみの膝に前脚を置いて頬を摺り寄せてくる。

「おかえり、きたなたろう」

棒手振《ぼてふ》りから安く譲ってもらった雑魚《ざこ》のあらを差し出すと、きたなたろうは尾っぽを立てて、器に顔を突っ込んで勢いよく平らげた。

食事が終わると、早速、大欠伸だ。

背を見せつけて早く撫でろといってくるので、そうしてやるといつの間にか鼾を掻き始める。丸まった腹をくすぐってやると、面倒くさそうに前脚で振り払う。

そのまま耳だけを蝶の羽のようにぴくぴくと動かしながら、大股開きで大の字になって寝入ってしまった。

「ねえ、きたなたろうや。あんたも、なかなか苦労をしているんだね」

おとみは蛙《かえる》のように引っ繰り返ったきたなたろうに、優しい目を向けた。

きたなたろうが、うがっ、と鼾で答えた。

おとみの胸に遠い日が蘇る。

王子村の小さな家。若いおとみと若い亭主に、たったひとりの幼い息子。

あの家のすべてにむかっ腹が立ったこともあった。

小さな赤ん坊を抱えててんてこ舞いのおとみの前で、ごろごろしている亭主のことを、思いっきり蹴っ飛ばしてやりたくなった。部屋を片付け終えたそのときに息子がおはじきをざあっとばら撒《ま》いて、泣きべそ顔を頭ごなしに叱《しか》りつけてしまったこともあった。

あの家でおとみは、どうしてこの家の皆はこんなにだらしないんだ、と、いつも苛《いら》立《だ》って、朝から晩まで休みなく駆け回っていた。

「四六時中、がみがみ言われてばかりでうるさかっただろうねえ。あんたのこと、もう少しのんびりさせてやればよかったよ」

今ではもう誰もいない我が家を思い出すと、懐かしさに胸が震えた。

おとみは両掌で顔を覆った。

気付くときたなたろうが、真ん丸の目でこちらを見つめていた。心配してくれているようにも、いったい何があったのだと呆気に取られているようにも見える。

ふっと笑って涙を拭く。

「ねえ、きたなたろう。ゆっくりしておいきよ、ね。好き勝手に、思う存分、ごろごろしておいでよ。お利口じゃなくてもいいよ。だらしなくたっていいんだよ。だってここはあんたの家なんだからさ。あんたとわたしが、人生の半分を存分にのんびりして暮らす家さ」

おとみは小さく頷くと、きたなたろうの腹をそっと撫でた。

きたなたろうはとろんとした目で顔を上げると、うるせえなあ、と鼻を鳴らして、またすぐに目を閉じた。

みんな仲良く――輪渡颯介

　多三郎《たさぶろう》が神田講談町《かんだこうだんちょう》にある保呂里《ほろり》長屋にようやくたどり着いた時には、すでに夜の五つを過ぎていた。

　河兵衛《かわべえ》という長屋の大家によって、とある部屋へと案内される。

「ああ多三郎。やっと来たのか。随分と遅かったな」

　戸を開けると、中にいた長兄の仙蔵《せんぞう》が声をかけてきた。

「仕事で川崎《かわさき》の方まで行ってたんでね」

　多三郎はそう返事をすると、自分の部屋へと戻っていく河兵衛の背中に軽く頭を下げてから土間へと足を踏み入れた。

「知らせを受けたのは昼をかなり過ぎた頃だった。それから急いで江戸まで戻ってきたんだぜ」

上がり框《がまち》に腰を下ろし、草鞋《わらじ》の紐を解く。水の張られた盥《たらい》が土間にあったので、それで汚れた足を濯《すす》いだ。

「そいつは大変だったな……知らせに行った人が。それ、ここの大家さんに頼まれただけの人だろう」

「うむ。その人もここの長屋の住人らしい。深川《ふかがわ》にある俺の店に行ったら、今は川崎にいるって言われてしまって、どうしようかと頭を抱えたそうだ」

多三郎は経師屋《きょうじや》である。たいていは店の近場で仕事をしているのだが、知り合いの伝手《つて》で川崎宿にある大きな家での仕事が入り、昨日からそちらにいたのだ。

「しょうがないから、はるばる川崎まで知らせに来てくれたんだよ、その人は。途中まで一緒に戻ってきたんだが、さすがに疲れたみたいでね。自分は少し休んでから帰るから先に行ってくれって、品川《しながわ》で別れたんだ」

姉のお慶《けい》に渡された手拭いで濡れた足を丁寧に拭き、多三郎は部屋に上がった。五坪ほどの、裏長屋にしてはわりと広い部屋だ。仙蔵とお慶の他に、もう一人の姉のお芳《よし》と、次兄の麻次《あさじ》の姿もあった。年の順で言うと、一番上が仙蔵、そしてお芳、お慶、麻次と続き、この中では多三郎がもっとも下になる。

そして、ここにいるのはその五人だけではなかった。部屋の真ん中に寝かされている男がもう一人……。

「こうして兄弟が顔をそろえるのは、五年前にお袋が死んだ時以来か。みんな江戸にいるのに、こんな時にしか顔を合わせないってのもどうかと思うが、何はともあれ、まずは拝んじまってくれよ」

仙蔵に促され、多三郎は父親の与平《よへい》の亡骸《なきがら》へと近寄った。

与平が余所《よそ》に女を作り、家を出ていったのは多三郎が十五の時だ。それよりも前から経師屋の親方の所に住み込んで修業を始めていたので、多三郎が父親の顔をまじまじと見るのは実に二十年振りだった。

さすがに老けたが、父親だと分からないほどには変わっていないな、と思いながら亡骸の横に座り、静かに手を合わせた。そして部屋の中を改めてきょろきょろと見回し、訝《いぶか》しげに首を傾げた。

多三郎はしばらくそうして眉をひそめながら部屋の様子を眺め、それから兄たちの方へと向き直った。

「ずっと行方知れずだったお父《とっ》つぁんが、まさかこんな所にいたとはね。案外と近くに住んでいたんだな。みんなは知っていたのかい」

　お芳とお慶、そして麻次の三人が首を横に振った。

「あたしたちも今朝知らせを受けて、びっくりしたんだよ。内心ではもう死んでいるのかもしれないと思っていたくらいだったからさ」

「仙蔵兄さんはどうなんだ。さすがに知っていたのかい」

　与平は腕のいい錺師《かざり》だった。仙蔵もその跡を継いで同じ仕事をしている。だから、もし与平が家を出た後も食うために江戸で錺師を続けていたとしたら、品物の卸先の店などから、何らかの噂《うわさ》が耳に入っていたはずである。

「親父が作った物が出回っているのは知っていた。だから江戸のどこかで生きているのは分かっていたよ。だけどこの長屋までは知らなかった。付き合いのある店の人は、親父が出ていったあたりの事情を知っているからね。俺に遠慮してか、何も教えてくれなかったよ。こっちも無理に聞き出そうとは思わなかったし」

「そうか。まあ仕方ないな」

　与平は職人にありがちな気難しい性格の人間ではなく、誰に対しても人当たりの良い男だった。多三郎など子供たちにも優しかった。決して悪い人ではなかったと思う。ただし、無類の女好きだという欠点があった。家を出る原因となった女だけではなく、実は他にも何人かいたらしいという話を多三郎は耳にしたことがあった。

だから、仙蔵がわざわざ父親の居所を知ろうとしなかったのは理解できる。その女癖の悪さのせいで、この世で唯一、与平と折り合いが悪かった母親が生きている間はもちろんのこと、その後も、下手に関わると面倒なことになるかもしれない、と考えて与平を避けたのだろう。仙蔵にもかみさんと子供がいて、今の自分の暮らしがあるのだ。

「……ところで、さっきから気になっているんだが、この部屋の中にやたらと置かれている、壺《つぼ》とか皿はなんだい？」

多三郎は、ここに足を踏み入れてからずっと不思議に思っていたことを訊《たず》ねた。

五坪ほどの部屋の真ん中に与平の亡骸が寝かされ、仙蔵たちは戸口に近い方に固まって座っている。そして与平の向こう側には、奥の壁際までずらりと、たくさんの壺や皿が並べられているのである。

「この長屋に住むようになってから、親父が始めた道楽らしいぜ」

答えたのは麻次だった。この多三郎のすぐ上の兄は、浅草の茅町《かやちょう》で建具屋をしている。

「知らせを聞いて一番に駆けつけたのは俺なんだが、初めから部屋の中はこうなっていたよ。自分が死んだらこうして並べてくれ、と親父が言い残したんだそうだ。聞くところによると、この長屋には骨董好きのご隠居なる者が住んでいるらしい。その人と何だかんだ付き合いを重ねるうちに、親父も興味を持ったみたいだな。そのご隠居さんは他にも軸物とか、様々な物に詳しいようだが、親父はもっぱら焼き物ばかり集めたそうだ」

「ふうん。俺はてっきり、この長屋には死者を送るときの妙な習わしがあるのかと思った。そうじゃなくて少しほっとしたよ」

自分が集めた物を、手を合わせに来た人に見せたいと思ったのだろうか。気持ちは分からなくもないが、それにしてもこんなにずらずらと床に並べて置かなくていいのに、と多三郎は思った。興味のない者にとっては、ただ邪魔なだけである。

「さて、と。遅ればせながら俺が着いたことで兄弟がそろったわけだから、葬式の算段を始めなけりゃいけないな。やっぱり、仙蔵兄さんのところでやるのかい。そうなると亡骸を運ぶために、どこかから大八車を借りてこなけりゃならないかな」

「いや、弔いはすべて、この長屋でやってくれることになっている」

「それじゃ、迷惑なんじゃないのか」

「やはりそれも親父が言い残したことなんだ。生前から長屋の大家の河兵衛さんや、さっき話に出たご隠居さん、さらには菩提寺の和尚《おしよう》さんとまで、そうするように話をつけていたらしい。親父が残した銭はいったん河兵衛さんが預かっていて、弔いにかかった分を差し引いてから俺たちに渡してくれることになっている」

「なるほど」

子供たちに迷惑がかからないよう、すべての手はずを整えてから与平は死んだようだ。

「和尚さんは明日ここへ来る。俺の女房や麻次のかみさん、お芳とお慶の亭主が来るのも明朝だ。多三郎のかみさんにも、知らせに行った人がそうするように伝えてあるはずだ」

「そうなのかな」

「心配なら、夜が明けてからまた使いを出すといい。とにかく俺たちは、今夜はここに泊まりだ。お芳とお慶が寝られるように、空いている部屋に夜具が用意してある。損料屋で借りてきてくれたそうだ。俺たち男兄弟は、今夜は寝ずの番だが、交代で寝られるようにすぐ隣の部屋を空けてくれた。そこにも布団が敷かれているよ。独り者の男が住んでいる部屋なんだが、今晩だけ河兵衛さんの所で寝るってさ」

「至れり尽くせりだな。俺たちは何もしなくていいってわけか」

与平の手回しの良さにも感心するし、それに応えてくれた長屋の人たちに感謝である。いい人たちに囲まれてお父つぁんは死んだんだな、と多三郎が思っていると、

「ちょっと待ってよ」とお芳が眉をひそめながら口を挟んだ。

「本当にその河兵衛さんって人を信用していいのかしら。お父つぁんは手に職を持っていた人だから、あたしたちが思っているより小金を貯めていたかもしれないわ。もしかしたら河兵衛さんは、それをくすねようと考えていて、それでことさら親切に……」

お芳がそこまで言いかけた時、与平の枕元に灯されていた蠟燭《ろうそく》の炎が突如として揺らいだ。同時に、パリンッ、と大きな音を立てて床に並べられた皿のうちの一枚が割れた。

「な、なんだ？」

全員が一斉に腰を浮かせた。お芳とお慶は顔を見合わせ、仙蔵は何か落ちてきたのかと天井を見上げ、麻次はただ驚いた顔で目を見開いている。

一番そばにいた多三郎が割れた皿へと近づいた。妙な割れ方をしている。丸い皿が綺麗に十六等分されているのだ。熟練の料理人が切った西瓜《すいか》のような見事さである。あらかじめ傷でもつけておけば、こんな風に割れるかもしれないが……。

多三郎は、割れていない別の皿を手に取った。細かく調べてみたが、傷は一つも見当たらなかった。

それに床には、皿と壺が置かれているだけだ。その他に転がっている物はない。天井から何か落ちてきたわけではなさそうだ。

多三郎は兄たちの方へ顔を向け、よく分からないという風に首を傾げた。

「……う、うむ。まあ皿は割れ物だからな。別に不思議はないさ」

気を取り直すように軽い調子で仙蔵が言い、お芳を見た。

「何の話をしていたんだっけか。ええと……そうだ、河兵衛さんのことか。確かにお前の言うことも分かるよ。実は俺も少し疑った。だから河兵衛さんがどんな人なのか、この近所を回って訊《き》いて歩いたんだよ。そうしたらさ、河兵衛さんはケチなところがあるけど、それだけに銭勘定はきっちりしているって言われたよ。だから信用してもいいんじゃないかな。ご隠居さんや和尚さんを交えて話をつけていることでもあるし」

「兄さんがそう言うなら、河兵衛さんのことは信用していいけどさ。ずっとお父つぁんのことを放っておいたあたしたちがとやかく言える立場でもないし」

お芳は少し不満そうに言うと、与平の亡骸の向こう側に目を向けた。

「ところで、あの壺や皿はどうなるんだい」

「俺たちにくれるそうだ。子供たちみんなで仲良く分けてほしい、と親父は言い残したらしい。それで、こうしてわざわざ並べたみたいだな。だけど、別にそのままの形で貰わなくてもいい、とも河兵衛さんは言っていたよ。どこかに売って、銭に替えてからみんなで分けてもいいそうだ。もちろん、皿や壺のままで分けても構わない」

「平等にするために、銭に替えた方がいいわね」

お芳は値踏みするような目で壺や皿を眺め回し、それから少し声を潜めて言った。

「……ところで、幸四郎《こうしろう》のことはどうなっているのかしら」

与平と、余所に作った女との間にできた子供の名である。会ったことはないが、そういう者がいるということだけは多三郎も風の噂で聞いていた。

「親父が死んだらすぐに、子供たち全員に知らせが行くようになっていたそうだ。だからもちろん幸四郎も来るだろう。明日顔を見せるんじゃないかな」

「まさか、その幸四郎にも銭を分けるつもりじゃないでしょうね」

「ううむ、どうしようかな。まったく考えていなかった。でも、幸四郎も親父の子には違いないんだから、言い残したことを考えると……」

「あたしは嫌よ。どうして余所に作った子供にまで分けないといけないのよ」

お芳が言い放つと同時に、パリンッ、と大きな音を立てて、今度は壺が割れた。先ほどと同じように、まるでわざとそうしたかのような綺麗な割れ方だった。

「……何か妙じゃないか」

仙蔵や麻次、お慶が顔を見合わせた。多三郎も頷く。だがお芳の勢いは衰えなかった。

「あたしはね、幸四郎には一文も渡すことはない、と思うのよ。だから……」

パリンッ、パリンッ、と二枚の皿が立て続けに割れた。やはり綺麗な割れ方だ。そのうちの一枚は、先ほど多三郎が、傷がついていないことを調べた皿だった。

「お、お芳、とりあえずいったん口を閉じてくれないか」

仙蔵が宥《なだ》めるような口調で言った。お芳も、ようやく妙なことが起こっていると気づいたようで、首を縦に振って口をつぐんだ。

兄弟たちが無言で顔を見合わせていると、今度はカタッ、という小さな物音がした。出所は上の方だ。みんな一斉に目を天井に向ける。するとカタッ、カタッ、と音の出る場所が動き始めた。何かが屋根の上を歩いている。

息を呑んでいると、やがて「にゃあ」という鳴き声が耳に届いた。

「……なんだ、猫か」

「そういえば、ここに来た時に三毛猫を見かけたな」

「ああ、いたわね。不愛想な猫が。あたしの顔を見て逃げていったわ」

音の正体が猫だと分かり、みなほっとしたような表情を浮かべる。

「……あれは猫だけど、お皿や壺が割れたのはそのせいじゃないわよ」

ここまであまり喋らなかったお慶が、兄弟たちを見回しながら告げた。みんなの顔が強張る。お慶はそんな兄弟たちの様子を静かに眺めてから、与平の亡骸へ目を向けた。

「割っているのは、お父つぁんなんじゃないかしら。争い事が嫌いな人だったから、きっと私たち兄弟が仲違いしたり、他の人のことを悪く言ったりするのを嫌がっているのよ」

そうかもしれない、と多三郎は思った。確かにお慶の言う通り、初めに皿が割れたのは河兵衛のことを悪く言った時だった。二度目は幸四郎だけ仲間外れにすることをお芳が言い出そうとした時だ。

「……ここに来たのは俺が一番初めだったと言っただろう」

今度は麻次が口を開いた。

「みんなを待っている間、一人でここにいたんだけどさ。次から次へと近所の人が手を合わせにやってきたんだよ。親父には世話になったと口々に言っていた。だいたいは揉め事の仲裁だったみたいだな。この近所で誰かが喧嘩を始めると、無理やり間に入って代わりに殴られたりしていたらしい。そんな人だったから、こうして長屋で葬式を出して、近所の人たちで親父を送ることに決めたってことなんだそうだ」

「ふうん。うちを出てからも優しいのは変わらなかったってことか」

多三郎は与平を見ながら言った。

「あまりに優しすぎて、あちこちに女を作っちまったけど」

これは少し悪口になってしまった。もしかしたら怒ったかな、と多三郎は少し肝を冷やしたが、今度は皿が割れることはなかった。自分が悪く言われることは構わないらしい。やはり与平は、自分たち兄弟が仲違いするのを嫌がっているのだ。それなら、と多三郎は兄弟たちの方へ向き直った。

「……お父つぁんにはいろいろと不満や愚痴もあるけれどさ、それは先にあの世に行ったおっ母《か》さんに任せようよ。夫婦仲はうまくいかなかったけど、子供たちはみんな仲良くしてもらいたいってのが、お父つぁんの望みなんだと思う。だからさ、この皿や壺を売って得た銭は、幸四郎を含めた子供たちみんなで仲良く、平等に分けようよ」

お慶と麻次が大きく頷いた。お芳も「それが死んだお父つぁんの望みだっていうなら仕方ないわね」と渋々という感じではあるが首を縦に振った。

「よしっ、それで決まりだ」

仙蔵が勢いよく、パンッ、と大きく手を打ち鳴らした。

「それぞれの暮らしがあるからそう容易《たやす》くはいかないが、これからはもっとお互いに顔を合わせたりして、兄弟仲良くしていこうじゃないか。もちろん幸四郎も入れてね。それでは、親父が残した銭と、壺や皿を売って得た代金は、幸四郎を含めた俺たち兄弟姉妹の六人で、仲良く平等に分けることにしよう」

仙蔵が高らかにそう告げた途端、パリンッ、と音を立てて、また皿が割れた。

「……ええっ」

「ど、どういうことよ」

仙蔵は間違ったことを言ってはいないはずだ。それならなぜ割れたのか。兄弟たちは困惑した。

しばらくみんなで考え込んだ後で、多三郎は「もしかしたら……」と呟《つぶや》いた。

これまでに割れた皿や壺へと目を向ける。すべて同じ割れ方だ。きちっと測ったように、綺麗に十六等分されている。と、いうことは……。

「……子供たちは仲良くしてほしい、とお父つぁんが望んでいたことは確かだと思う。だからさ、銭はお父つぁんの残した子供たちみんなで仲良く……十六人で平等に分けようじゃないか」

おそるおそる言った後で、まだ割れずに残っている皿と壺を、息を呑んで見守った。思った通り、今度は割れなかった。

「……おいおい、実は俺たち、十六人兄弟だったのかよ」

「多分その人たちにも知らせが行ってるから、明日ここへ、幸四郎以外にも見知らぬ兄弟姉妹が十人やってくるってことよね」

「一気に増えすぎよっ」

「お、親父ぃ」

兄や姉たちが一斉に驚き、嘆くような声を上げる中で、多三郎だけは静かに与平へと目を注いでいた。女好きだと耳にしていたから、もしかしたら余所に作った子供は幸四郎だけではないかもしれない、と前々から思っていたのだ。しかしそれでも……。だからみんなのように驚いたり嘆いたりはしなかった。

「いくらなんでも十六人はこさえすぎだろ、この糞親父が」

多三郎は亡骸に向かってそう呟き、苦笑いを浮かべた。

金太郎――稲葉稔

「さあ、どっちに入っているかわかるかい？」

熊次郎《くまじろう》は両手をにぎって金太郎《きんたろう》に見せた。片手には飴《あめ》が入っている。

「おとう、おとう、こっち、こっち……」

金太郎は白い歯をのぞかせて顔をほころばせ、熊次郎の右手をついた。

「そうか、おめえにもちゃんとわかるんだな」

熊次郎はそう答えてから右手を開き、掌《て》にある飴を金太郎にわたした。金太郎は嬉しそうな顔で口に含む。

熊次郎はそれにしても暑いなあと、表を見た。向かいの家も戸を開け放しているが人の姿はなかった。さっきまで女房が繕《つくろ》い物をしていたが、出かけたらしい。

表から蟬《せみ》の声が聞こえてくる。団扇《うちわ》をあおいでいた熊次郎が金太郎に目を戻すと、いつの間にか横になって寝ていた。すやすやと寝息を立てている。熊次郎は団扇で風を送ってやった。

(おめえは立派に育つんだぜ。そのためだったら、おりゃあ何だってやる)

熊次郎は金太郎の寝顔を見ながら胸中でつぶやく。

金太郎は自分の子ではなかった。以前住んでいた長屋の近くに鳥越明神《とりごえみょうじん》があり、その境内《けいだい》で見つけたのだ。金太郎は搔巻《かいま》きに包まれて、小さな声で泣いていた。

捨て子だとすぐにわかったが、熊次郎は届けることをせず自分の長屋に連れ帰った。届けたところで、面倒をみる者はいない。だから自分で育てると決めた。

しかし、赤ん坊には乳を飲ませなければならない。乳母《うば》を探さなければならなかったが、近所におたねという八百屋《やおや》の女房がいた。子を産んだが、その子は三月《みつき》で死んでいたので、おたねは乳が張っていた。乳を飲ませてくれないかと頼むと、

「お安いごようさ。乳なら溢《あふ》れるほど出るんだ」

と、快く引き受けてくれた。

それで一安心したが、熊次郎は小さな博徒《ばくと》一家のやくざだった。されど、名に似合

わず腕っ節は弱く、小心者だ。それでも普段は粋がっているが、いざ喧嘩だ出入りだという段になると尻尾を巻いて逃げる犬だった。若造から嘗《な》められ、三下《さんした》から出世もできず、賭場が開かれても表に立っての見張役か使い走りだった。

そんな暮らしから逃げるきっかけが、金太郎を拾ったことだった。やくざから足を洗って、まともな仕事をすると決めたのだ。

親分の許しを得ると、浅草猿屋町《あさくささるやちょう》の長屋から、神田講談町《かんだこうだんちょう》にある保呂里《ほろり》長屋に越してきたのだった。一年ほど前のことである。

家移りしたのは、一家の連中がたびたび遊びに来るし、長屋の連中が白い目で見るから住みづらくなっていたからだった。

その点、この長屋は昔の熊次郎を知っている者もいないし、親切な者が多い。

「あら寝てるのかい」

向かいに住むおみつという女房が、戸口からひょいと顔をのぞかせて、寝入っている金太郎を見て微笑み「起こしちゃ悪いね」と、声を低めてから、

「それにしても金太郎なんていい名前をつけたわね」

と、金太郎の寝顔を見ながら言う。

熊次郎は「まあな」と、曖昧に答えたが、名前は思いつきでしかなかった。

「それでさ、気になるんだけど、この子のおっかさんは、ときどき来るあの人かい」

おみつは探る目を向けてくる。熊次郎には八百屋の女房おたねのことだとすぐにわかった。おたねは生まれたばかりの子を失っていたし、金太郎に乳をあげるうちに情を移していた。熊次郎が保呂里長屋に越してきてからも、ときどき様子を見に来る。

「ありゃあ乳母だよ。おれの女房は、この子を産んで間もなく死んじまったんだ」

熊次郎はそう誤魔化《ごまか》した。

「そうだとは知らずにいやなことを聞いちまったね」

おみつは眉尻を下げて謝った。


「熊さん、仕事は見つかったのかい？」

そう聞くのは八百屋の女房おたねだった。ときどき、熊次郎を訪ねてくるのだが、目的は金太郎に会うことだとわかっている。来るたびに、金太郎に着物だ足袋《たび》だ、飴だなどと土産《みやげ》を持ってきてくれるのはありがたいが、金太郎をもらい受けたいというおたねのひそかな意図を熊次郎は感じ取っていた。

「近いうちに須田町《すだちょう》の車力屋ではたらくことになった」

「そりゃよかった。あたしゃ心配していたんだよ。遊び人癖が抜けないで仕事しないんじゃないかと」

「昔のおれとは違うんだ」

熊次郎は口の端に笑みを浮かべた。

「おとう、おとう……」

生えそろった歯で煎餅《せんべい》をかじっていた金太郎が、部屋の奥からよちよちと歩いてきた。あれあれと指を差す。そっちを見ると、板壁に黄金虫《こがねむし》が張りついていた。金太郎の届かないところにいる。

「ぶんぶんだ。ほしいのか?」

熊次郎が聞くと、取って取ってと金太郎はせがむ。

「食うんじゃねえぜ、こりゃあ虫だ。食いもんじゃねえからな」

そう言って黄金虫をつかんで金太郎の掌にのせてやった。もぞもぞと動く虫を金太郎はめずらしげに眺めて、きゃきゃっと笑った。

「いくつになるんだろうね……」

おたねが金太郎を眺めながら疑問を口にした。

「多分、三つだと思うぜ。おれが見つけたとき、半年ぐらいだったはずだから。あんたもそう言ったじゃねえか」

「そうだね。もう三つぐらいだろうね。ここに越してきたときは、やっと立ちあがるくらいだったからね。それにしても子供の育つのは早いね。もう喋るようになったものね」

「喋らなかったら困るじゃねえか」

「そりゃそうだけどさ。さて、あたしゃそろそろ帰らないと亭主に怒られちまう。金坊、またね。また遊びに来るからね」

おたねがそう言うと、黄金虫を畳に這《は》わせていた金太郎が顔をあげて、

「いや、いやだ」

と、頬をふくらまして首を振った。

「あれ、あれ、金坊にそう言われちまうと、帰れなくなっちまうじゃないのさ」

おたねは嬉しそうだ。

「金坊、おばさんは店に戻らなきゃならないんだ。そうしないと、おっかない亭主に怒られちまうんだ」

熊次郎は金太郎を諭すが、

「いや！」

と、大きな声で首を振る。

「可愛いねえ。ほんとにもう、帰れなくなっちまうよ。いっそのこと連れて帰ろうかしら」

まんざら冗談とも取れないことをおたねは口にする。熊次郎は面白くないから、

「金坊、わがままいっちゃならねえ。おばさんはまた来るから我慢しな。その代わり、おとうと川を見に行こうじゃねえか。行くかい？」

金太郎はきらきらと澄んだ瞳を大きくして、うんと、力強くうなずいた。

おたねが帰って行くと、熊次郎は金太郎の手を引いて長屋を出た。すぐ近くを神田《かんだ》川《がわ》が流れている。金太郎はよちよち歩きだが、表を歩きたがるようになっている。そして、川を行き来する舟を見るのが好きだ。

熊次郎は金太郎の手を引きながらゆっくり柳原《やなぎわら》土手を歩いた。猪牙舟《ちょきぶね》やひらた舟が神田川を上り下りしている。

「ふね、ふね」

金太郎はときどき立ち止まって、猪牙舟を見て指さす。そうやってしばらく猪牙舟を見送る。熊次郎は金太郎と手をつないでいる。やわらかくて小さな手に、金太郎のぬくもりがある。夏の盛りだが、そのぬくもりは心地よかった。

「金坊、おとうは仕事に出ることになったから、おめえは昼間は留守番だ。できるか？」

歩きながら言う熊次郎に、金太郎は首をかしげる。

「おとうは朝家を出て夕方戻ってくる。その間、おめえは一人だ。遠くに遊びに行ったりしちゃならねえぜ」

金太郎はわかったのか「うん」と、うなずいた。

車力仕事は楽ではなかったが、はたらくことで熊次郎の暮らしに目鼻がつくようになった。昼間は金太郎を一人にさせているが、ときどきおたねが相手をしに来てくれるし、向かいの女房おみつも金太郎の世話をしてくれる。

さらに、長屋には「ご隠居」と呼ばれる骨董好きの年寄りが住んでいて、暇にあかして金太郎を家に呼んでもいた。

いつしか金太郎は長屋の人気者になっていた。


その日は朝から雨だった。

熊次郎は須田町の車力屋に顔を出したが、この天気じゃ荷を運ぶのは無理だから休みだと言われ長屋に戻ってきた。

「おとう！」

いつもより早く帰ってきた熊次郎に金太郎が嬉しそうな声をあげた。

「今日は休みになったから、ずっとおめえといっしょだ」

「いっしょだ」

金太郎は口真似をする。

チリンチリンと鳴る風鈴の音がどこからともなく聞こえてくる。

「おとう、とと。とと、見たい」

金太郎は金魚を見せてからというもの、魚を好きになっている。

「雨がやんだら見に行こう。ほれ、小降りになってきたじゃねえか。向こうの空に晴れ間が見える。わかるかい」

「うん」

金太郎は熊次郎の指さすほうを見てうなずく。長屋の屋根越しに見える空が、あかるくなってきていた。

「そろそろ昼飯にするか。卵が残っているから、それを食おうじゃねえか」

熊次郎は台所に立ち、味噌汁の残りを温め、それに卵を落とした。それを冷や飯にぶっかけて食べる。金太郎は卵が好きだ。うめえかと聞くと、うんとうなずいて嬉しそうに食べる。そんな金太郎をまじまじと眺める。いつの間にか目鼻立ちがはっきりしてきた。

熊次郎は頰がこけ、目が細くて色が黒いが、金太郎は色白で丸い顔に大きな目をしている。逆立ちしても熊次郎には似ていない。それでも、金太郎はすっかり自分の父親だと思い込んでいる。

おとうのことを好きかいと聞くと、「うん」とうなずく。そんなとき、熊次郎は嬉しくてしかたない。この子のためにしっかりはたらかなければならないと思う。

昼飯の片付けをしているうちに、鳴きやんでいた蟬たちが鳴きはじめ、表が急にあかるくなった。雨がやんだのだ。

ふいと、長屋の屋根越しに空を見ると、きれいな虹が出ていた。

「金坊、見てみな虹だ。ほれ、あっちの空だ」

大きな虹だった。金太郎は目を見開いて虹に目を注いだ。

八百屋のおたねが訪ねてきたのは、それからしばらくしてからのことだった。

「熊さん、ちょいといいかい」

おたねはちらりと金太郎を見てから言った。いつになくかたい表情だった。

「なんだい？」

「あたし、何もかも教えちまったんだ」

おたねはもじもじしながら、申し訳なさそうな顔でうつむく。

「なんだい。何を教えたっていうんだ？」

「どうしようか迷ったんだけど、金坊のことを思って教えちまったんだ。金坊の親のことがわかったんだよ。それで、あんたのことを話したんだ」

熊次郎はハッとなった。

「金坊は偉いお殿様の子なんだよ。母親はそのお殿様のお妾《めかけ》さんで……」

おたねが言葉を切ったとき、身なりのよい侍と二十歳ぐらいの女があらわれた。侍は銀髪で品のある年寄りだった。女は瓜実顔《うりざねがお》の美人だ。その女がおたねに代わって言葉をついだ。

「お話は伺いました。その子はわたしの子なのです。熊次郎さんとおっしゃるんですね」

熊次郎は能面顔で女を凝視した。

「わたしは清《きよ》と申します。倉持作右衛門《くらもちさくえもん》様にお世話になっていた女です。その殿様との間にできたのがその子でした。わたしはその子を孕《はら》んでから、殿様の家を出たのですが、女手ひとつではとても育てられないと思い、泣く泣く鳥越明神に置き去りにしたのです。ところが、そのことを殿様に知られて……」

清という女は、きれいな顔をゆがめて嗚咽《おえつ》した。その様子を眺めた品のいい年寄りが口を開いた。

「わたしは御書院番頭《ごしょいんばんがしら》、倉持作右衛門様の用人を務めておる池村小兵衛《いけむらこへえ》と申す。お清は倉持家に仕える奥女中であった。殿様が、子を孕んで屋敷に戻ってこないお清を呼び出して問いただしたところ、産んだ子を捨てたということがわかった」

「ちょ、ちょいと待ってくれ。いきなりあらわれて、御書院番が奥女中がと言われても、おれにゃ関わりのねえこった。まさか、子供を返してくれって言うんじゃねえだろうな。そういう話ならお断りだ」

熊次郎は胡座《あぐら》をかいて腕を組み、池村と清をにらむように見た。

「そのほうの気持ちはわからなくもない。されど、その子は清が産んだ子である」

「産んで捨てた親を親と言えるかい！　冗談じゃねえぜ！」

「まあ、落ち着いて話そうではないか。そなたの親切、苦労には殿様もいたく感謝され、これまでの恩には悉皆《しっかい》報いるとおっしゃっておる。情も移っていようが、そこを曲げてお返し願いたいのだ」

「そんなこと言われたって……おれにとって金坊は……」

「熊さん、返しておあげよ。あたしゃいろいろ悩んだんだ。必死になって子供を探しているお清さんを知って、どんな事情があったのか、そのことを聞いて腹も立てたよ。あたしゃ金坊に乳を飲ませているうちに、この子を自分の子にしたいと何度思ったことか。あんたはあんたなりに育てちゃいるけど、先のことを考えると心細くなっちまうんだ。あんたは真面目にはたらくようになった。感心だよ。だけどね、金坊を幸せにできるかどうかわからないじゃないのさ」

「うるせー！　てめえにごちゃごちゃ言われたかねえわい！」

熊次郎は向かっ腹を立てて怒鳴ったが、おたねは怯《ひる》まなかった。

「熊さん、わかるよ。あんたはいい人だ。一所懸命やってるのはわかる。だけどあたしゃ知ってんだ。この長屋に移ってきたとき借金をこさえてるじゃないか。店賃《たなちん》だって溜め込んでるじゃないのさ。溜め込んだ店賃や借金はどうするんだい？　先々のことを考えると、金坊は返したほうが幸せになれる。あたしゃそう思ったから、お清さんの思いを汲《く》んで、あんたのことを喋っちまったんだ。悪いと思いつつも、このままじゃ金坊が不憫《ふびん》だと思うんだ。熊さん、よく考えておくれよ。可愛い金坊のためなんだよ」

おたねは泣きそうな顔で頭を下げた。

「おとう……」

そばで大人のやり取りを聞いていた金太郎が、熊次郎の袖を引いた。

「熊次郎さん、ご恩は忘れません。お願いですから返していただけませんか」

清は必死の顔で訴えて頭を下げた。

「熊次郎、悪いようにはせぬ。殿様も納得のいく礼をするとおっしゃっているのだ」

熊次郎は池村をにらんでから考え込んだ。金太郎を手放したくはない。だが、正直なところ不安はある。車力をはじめたが稼ぎは高が知れている。金太郎は殿様の屋敷に行けば、なに不自由なく育つだろう。

貧乏暮らしに慣れさせるのがよいのか、それとも返すべきなのか。

熊次郎は畳の目を数えるように長々と考えた末に、ゆるりと顔をあげ、金太郎を見た。

「金坊、ここにいるおばさんが、おめえをいいところに連れて行ってくれるそうだ。おとうは用があって付き合えねえから行ってきな」

「いいところ……」

金太郎は小さく首をかしげた。

「そうだ、いいところだ。面白《おもしれ》ェところだ。うまいもんもたんまり食えるんだ」

「ほんと……」

熊次郎は「ほんとうだ」と応じて、用人の池村と清を見、

「そういうこってす。連れて行ってくだせえ」

と言うと、清がほっと安堵《あんど》の表情になって、

「さあ、いっしょにまいりましょう」

と、やさしく微笑みかけ、手を差し伸べた。金太郎が「おとう」と、不安げな顔を向けてくる。

「行くんだ」

熊次郎が顎をしゃくると、金太郎は土間に下りて清に手を引かれた。

「熊次郎、世話になった。後日、あらためて礼にまいる」

そう言って戸口を離れていく池村の気配があった。熊次郎は座り込んだまままうなだれていた。金太郎も清も、そしておたねの気配も消えた。

「……金太郎」

熊次郎はつぶやきを漏らすなり、すっくと立ちあがった。そのまま裸足で表に飛び出した。清と手をつないで歩く金太郎の姿が遠くにあった。

熊次郎は拳をにぎり締め、口をきつく引き結んだ。胸が張り裂けそうだった。

長屋に戻り自分の家に入ると、ぴしゃんと戸を閉め、居間に倒れ込むようにして顔を伏せ、嗚咽を堪《こら》えながら背中を波打たせた。

（金坊……金坊……金坊……）

胸のうちでつぶやくと、「おとう、おとう」と自分を呼ぶ金太郎の顔が脳裏に浮かび、堰《せき》を切ったように涙が溢れた。

鵲《かささぎ》の橋――稲葉稔

「竹やぁ〜たけ……竹やぁ〜たけ……」

竹売りと擦れ違ったお吉《きち》は、また会った、と立ち止まって背後を振り返った。竹売りは町の角を曲がって見えなくなったが、また違う方角から竹売りの声が聞こえてきた。

（もうすぐだね）

お吉は心中でつぶやくと、再び歩き出した。

岩本町《いわもとちょう》に住む絵師宮本鋒山《みやもとほうざん》宅からの帰りだった。鋒山は役者絵や美人画を得意としているが、絵師としてはさほど有名ではなく、枕絵を多く描いている。お吉は鋒山に気に入られ、ときどき雛形《ひながた》仕事をしているが、枕絵は拒んでいる。

されど鋒山は、きわどい恰好をさせる。もう少し胸元を広げておくれ、裾《すそ》をめくってそのきれいな脚を見せてくれ、片肌を抜いてくれないか等々と注文をつける。

お吉はぎりぎりのところまでは応じるが、それ以上は首を横に振って拒む。

拒まれる鋒山は、白眉を垂れ下げ、ため息をつきながら、

「もったいないんだがねえ」

と、決まり文句を漏らすのが常だ。それでも雛形料を弾んでくれるので、お吉にとってはいい絵師であり、恰好の稼ぎ口だった。

住まいの保呂里《ほろり》長屋が近づいてきたとき、また竹売りと出会った。

(もうすぐだね伸《しん》さん……)

胸中でつぶやいて立ち止まったお吉にとって、今年の七夕《たなばた》は特別な日だった。あたしも短冊に願いを書こうかしらと思った。

「竹屋さん、待っておくれ」

竹売りを呼び止めたのはすぐだった。

「へえ、ご用で……」

竹売りは嬉しそうな顔で振り返った。

「小さいのでいいからくれないか」

お吉は小振りの竹を買って長屋に帰った。すでに長屋の軒先には、願い事を書いた色紙の短冊や鬼灯《ほおずき》を数珠《じゅず》のごとく飾った竹を立ててある。大方子供のいる家と決まっている。

家に竹を持って帰ったお吉は、いつものように上がり框《がまち》に腰を下ろし、足を組んで長煙管《ながギセル》を吹かした。一服したら願い事を書こう。何を書こうかと考えながらも、書くことはひとつだと決まっている。だけれど、思いをぼかして書けば噂好きのおかみたちに穿鑿《せんさく》されるのが落ちだ。それは面倒であるから考えをめぐらす。

「今日も暑いねえ」

木戸口から入ってきた大家の河兵衛《かわべえ》が声をかけてきた。

「ああ、まだ七月ですからねえ」

お吉は素っ気なく答える。愛想のない返事をもらった河兵衛は、ひょいと首をすくめ、巾着《きんちゃく》をぶらぶらさせながら奥の家に消えた。

みゃあー！　という鳴き声がして、井戸端から三毛猫があらわれ、河兵衛の家に駆け込んでいった。

「おおミケミケ、ただいま帰ったよ」

嬉しそうな大家の声が漏れ聞こえてきた。

お吉はその家のほうを醒めた目で眺め、あの大家はどうして同じ長屋に住んでいるのだろうかと疑問に思う。大抵の大家は店子《たなこ》の住む長屋には住まないのではないか。

(変わった大家だ)

胸中でつぶやいたお吉は、煙管を上がり框の縁にぶつけて灰を落とした。

その夜、お吉は買ってきた色紙や短冊を前に、願い事を何枚か書いた。

【帰ってきておくれ】【会わせてください】【無事でありますように】【願う息災】

願い事の短冊を書くと、色紙を使って西瓜《すいか》の切り身・算盤《そろばん》・硯《すずり》・筆・太鼓などの形を器用に切り取った。

笹竹の間にそれらを飾りつけて、戸口の前に出した。少し照れ臭いものがあったが、願い事の意味を聞いてくる者がいたら、

「あたしにもいろいろあるのさ」

と言って、はぐらかすと決めた。

七夕まであと二日だった。夜空を見上げるが、あいにくの曇り空で星は見えなかった。

その翌日の夜も、曇っていて星を見ることはできなかった。

明日が約束の日なのに、星が出ないと三年の間待った願い事が叶わなくなるかもしれないと、不安になった。まさか、伸助《しんすけ》さんによからぬことが起きたのではないか。いや三年の間に、他にいい女《ひと》ができたのではないか。けなげに待っている自分は馬鹿を見るのではないか。

そんなことはないと、お吉はいやな思いを吹っ切るようにかぶりを振る。三年前の夏、伸助は固い約束をしてくれたのだ。

「お吉、このまま江戸にいればどうなるかわからない。だけれど、三年すればほとぼりも冷めるだろう。わたしは三年後の七夕の日に戻ってくる。この江戸の空に鵲《かささぎ》の橋が架かる夜に、必ず戻ってくる」

伸助は真剣な目をお吉に向けてしっかり手をにぎってくれた。鵲の橋とは、鵲が天の川の上に架ける想像上の橋のことで、男女の契りの橋渡しだと言われている。

「きっとよ。きっとだよ。あたし、待っているからね」

「ああ、約束だ。きっとだ」

強くうなずいた伸助は一度お吉を強く抱きしめると、そのまま闇に紛れて江戸を去った。

伸助との約束の日の朝、空は高く晴れわたり、鳶《とんび》が気持ちよさそうに舞っていた。

蒼穹《そうきゅう》には蟬《せみ》たちのかしましい鳴き声がひびいていた。お吉にはその声が、伸助の帰りを喜んでいるように聞こえた。

しかし、心のうちには不安と期待がない交ぜになっていた。伸助は約束してくれたが、あれから三年の歳月が流れている。他の女に心移りしているのではないか、病に臥《ふ》しているのではないか、あるいは思いもよらぬことがあり死んでいるのではないか……。元気な姿を見るまでは、心の不安は払拭できなかった。

しかし、伸助は深川《ふかがわ》の岡場所にいた自分を身請けしてくれたのだ。それも顔に似合わぬ度胸を出して金を稼いでのことだった。一歩間違えば縄を打たれ死罪になるという危険を冒してのことだった。

「おまえのために命を賭けてやったのだ」

別れ際にすべてを打ちあけた伸助はそう言った。

そのことを思うと、お吉は必ず伸助が戻ってくると信じている。そして、それは今夜である。

その日は朝からそわそわと落ち着かず、日の暮れるのがやけに遅く感じられた。それでも日はゆっくり傾き、朱に染まっていた雲が夜の色に変わり始めると、一番星があらわれた。

お吉は夕靄《ゆうもや》が漂いはじめた頃に長屋を出て、両国橋《りょうごくばし》の西詰に立った。まだ人の往来はあったが、暮れ六つ（午後六時）の鐘が聞こえると、橋を行き来する影が少なくなり、広小路《ひろこうじ》を歩く人もまばらになった。

お吉は辛抱強く待った。胸には不安と期待。帰ってきてくれと、祈るような気持ちで胸の前で手を合わせた。

本所《ほんじょ》側に人の影が見えると、お吉の胸は高鳴った。しかし、それは侍であったり、職人だったり、あるいは僧侶だったりした。親子連れの町人や、連れだってやってくる勤番侍の姿もあったが、お吉が目をみはって凝視するのはひとり歩きの男だ。

今度こそはと息を呑《の》むがやはり人違いだった。空にはみごとな天の川が流れ、きれいな鵲の橋が架かっているように見えた。ときどき、橋の途中で立ち止まってその空を眺める人もいた。

半刻また半刻と過ぎた。来ないのかもしれないという思いが募ってきた。裏切られたと思うと、伸助のことが憎くなった。もう帰ってしまおうかと思いもするが、もう少しだけ待とうとその場から離れずにいた。

それは五つ（午後八時）の鐘が鳴って小半刻ほどたったときだ。ひとつの黒い影が本所のほうから近づいてくる。男だ。楽な着流し姿である。手に何か提げていた。その影は橋の中ほどで一度立ち止まり、また歩き出した。その影がどんどん近づいてくる。星明かりでその顔が見えるようになった。お吉ははっと息を呑んだ。

(伸さん)と、胸のうちでつぶやくと、あたかもそれが聞こえたように、

「お吉」

という声が飛んできた。伸助だった。小走りに駆け寄ってくる。お吉も胸を熱くして足を進めた。

「伸さん、帰ってきたんだね。嘘《うそ》じゃなかったんだね」

伸助はそばまでやってくると、お吉が差し出した手をしっかりつかんだ。

「待たせたかい」

以前と同じやさしい声音で伸助が言って、肩を抱き寄せた。

「会いたかった」

「あたしもよ」

お吉は伸助の胸に顔を埋《うず》めた。嬉しくて胸が熱くなっていた。

「それまでだ」

そんな声が聞こえたと同時に、いくつかの黒い影が二人を取り囲んだ。

お吉がハッとなって見ると、鴨井仙十郎《かもいせんじゅうろう》という北町奉行所の同心だった。十手《じって》をか

ざしてすぐそばに立った。近くには小者と思われる手下が三人いた。

「ずいぶん待たせたな伸助」

鴨井を見た伸助の顔は、暗がりのなかでも紙のように白くなっていた。

「伸さん、逃げて……」

お吉はそう言ったが、すでに手遅れだった。伸助の手は二人の小者に搦《から》め捕られ、もうひとりの小者に帯の後ろをつかまれていた。

お吉は鴨井をにらむように見た。伸助が江戸から逃げたあとで、あれこれしつこく聞きに来た町方だった。その鴨井が薄い唇に笑みを浮かべて見て来た。

「お吉、しくじったな。おめえがことは伸助を捕まえるために、ときどき見張っちゃいたが、七夕の短冊を飾るなんざめずらしいことをしやがると思ったら、その短冊に願い事だ。そのことでぴんと来たら、案の定であった」

お吉はハッと顔をこわばらせた。鴨井は伸助を見て言葉をついだ。

「伸助、三年ぶりだな。おめえがことは、出雲屋《いずもや》から百両の金が盗まれてから怪しいと思っていたんだ。それに、瀬戸物を扱う備前屋《びぜんや》の手代《てだい》の分際で、岡場所にいたお吉を身請けしていやがった。おめえが行方《ゆくえ》をくらましたのはそのすぐあとだ。蠟燭《ろうそく》問屋出雲屋に盗み入り、百両を盗んだのはてめえの仕業だな」

伸助は蒼白な顔で声もなく震えていた。

「出雲屋に賊が入る前、おめえはその出雲屋に足繁く通っていた。出雲屋はおめえが同じ町内の奉公人なので疑いもしなかった。だが、おれの目は誤魔化《ごまか》せなかった。されど、おめえは身請けしたお吉を置いて逃げた。それも三年もの間だ。やい、伸助」

鴨井はさっと振った十手を、伸助の首にあてがった。

「出雲屋に盗み入り百両を盗んだのはてめえだな」

「……ご、ご勘弁を、どうか、ご勘弁を……」

伸助は泣きそうな声を漏らしたが、鴨井は容赦しなかった。

「勘弁してやりてえのは山々だが、観念することだ。出雲屋の一件と三年の間どこで何をしていたか、ゆっくり話を聞いてやろうじゃねえか。引っ立てろ」

鴨井は小者に指図すると、お吉に顔を向け、

「お吉、てめえは運のいい女だ。これからは伸助の分も長生きすることだ」

と、吐き捨てるように言うと、伸助を連れて行く小者のあとを追って歩き去った。

橋の上に呆然と立ち尽くすお吉は、よろめくように数歩歩き、そのままくずおれた。

「伸さん、伸さん、伸さん……」

鴨井たちに連れて行かれる伸助の姿が涙で曇った。

おっかさんの秘密

――三國青葉

『損料屋見鬼控え』番外編

「あっ」と声をあげ、又十郎《またじゆうろう》は思わず立ちすくんだ。訪ねようとしている長屋の一軒から、黒い霧が這い出ているのだ。

先刻より感じていた嫌な気持ちの源はこれか。義妹の天音《あまね》が心配そうに己を見ているのに気づき、又十郎は無理に微笑んで見せた。

もともと又十郎は霊の気配を感じる子どもだった。しかし、十七になった今年の春、近所の幽霊騒ぎのおかげで家に憑《つ》いた幽霊の姿までが見えるようになってしまったのだ。

一方、親きょうだいを落雷で亡くして引き取られた天音は、物に宿った人の思いが聞こえる。両国橘町《りょうごくたちばなちょう》の損料屋（生活用具を貸す店）巴屋《ともえや》の見える兄と聞こえる妹として読売に書かれたせいで、依頼されて時折幽霊騒動をおさめるためにふたりで働くことがある。あれこれ調べたり考えたりして、幽霊の心残りを晴らし成仏させるのだ。

だが、今日は違う。この神田講談町《かんだこうだんちょう》の保呂里《ほろり》長屋へ引っ越した天音の友だちのお初《はつ》を訪ねてきた。霊がいる印である黒い霧は、そのお初の家から漂い出ている。

何も知らない天音が入り口の戸を開け、「お初ちゃん」と声をかけた。黒い霧の中から「あっ、天音ちゃん！」という声がする。

「天音ちゃん、上がって。又十郎さんも」

お初に言われて家の中に足を踏み入れた途端に霧が晴れた。叫びそうになった又十郎は、戸につかまり必死にこらえる。

部屋の左手の壁際に男の幽霊が立っていたのだ。年は三十半ばくらい。色の白い優《やさ》男《おとこ》で、鼻筋が通った綺麗な顔立ちをしている。

優男はうらめしそうな目つきでたたずんでいた。いったい何の心残りがあるのだろう。

「あんちゃん、どうかした？」

天音に尋ねられ、又十郎はあわててかぶりを振った。この幽霊がお初の縁者とは限らないためだ。

この家の前の住人の知り人かもしれないから、今はまだ何も言わないほうがいい。

そう又十郎は判断したのだった。

「お初ちゃんは、こっちの暮らしにはもう慣れた？」

幽霊からなるべく離れて座りながら、又十郎は尋ねた。

「はい。手習い所で友だちもできました」

お初がなんとなく浮かない表情をしているので、又十郎はさらに踏み込んだことを聞いてみる。

「新しいおっかさんとはうまくいってるのかい？」

お初の頬《ほお》のあたりがたちまち強張るのを見て、又十郎は心の中でため息をついた。

お初の歳《とし》は天音のひとつ下の九つ。母親は早くに亡くなり、大工の父親、松蔵《まつぞう》とのふたり暮らしだった。

それが父親が飯屋の女中をしていたお道《みち》という女子《おなご》を後添えにもらうことになり、この長屋へと引っ越したのだ。

お道は中年増《ちゅうどしま》だがとても器量良しだそうで、風采の上がらない父親と夫婦になったのには何か魂胆《こんたん》があるに違いないとお初は言っていたらしい。

それをずっと気にしていた天音にせがまれ、ふたりしてやって来たというわけだった。

「おっかさんはいないの？」と天音に尋ねられて、お初は口をとがらせた。

「うん。あの人はいつつも出歩いてる。ね、あやしいでしょう」

「飯の支度は？」

「それまでには帰ってきます」

いったいどこをほっつき歩いてるんだろうな。まあ、家のことはちゃんとやってるみてえだけど。小ぎれいに片付いている家の中を見ながら又十郎は思った。

「ちょっとあの人が綺麗だからって、おとっつぁんはもうすっかり腑抜けになってるんだよ。夢じゃないかってほっぺたつねったりして、ほんとに情けない。まあ、だまされてるってわかったら目が覚めるんだろうけど」

ああ、やっぱりお初はまだお道のことを疑ってるんだな……。

「ただいま。ごめんね。遅くなっちゃって。すぐご飯の支度するから。今夜はねぎま（ねぎとまぐろの鍋）。お初ちゃん好きでしょ？　あら、お客さん？」

呼ぶより謗《そし》れでお道が帰って来た。「調子いいんだから」とお初がつぶやく。

なるほどお道は美人だった。切れ長の目にふっくりとした唇。三十前くらいだろうが、色気があふれている。

挨拶を交わしたあと、お道が又十郎の顔を見てにっこり笑った。その笑顔があまりに艶《つや》っぽくてどきりとする。

天音につつかれて我に返った。しばらくぼうっとしていたらしい。

「いただいたお菓子でおやつにしようね」

又十郎が来る途中で買ってきた饅頭《まんじゆう》の包みを開け、お道が「おいしそう！」と歓声を上げた。天音とお初は顔を曇らせている。おそらく、又十郎がお道の美貌にくらっとしたのが気に入らないのだろう。だってさ、しょうがねえだろう。うっ……すまねえ。又十郎は己の不覚を恥じた。

継母《ままはは》がこんなに別嬪《べっぴん》だったら、お初もいろいろ考えちまうよな。あ、ひょっとしてこの幽霊、お道の前の男だったりするのかな。

「はい、どうぞ」

膝の前に麦湯が入った湯呑みを置かれ、又十郎は頭を下げる。湯呑みを見つめながら、幽霊とお道との関わりをあれこれ考えた。

「ほこりでも入ってた？」

「あ、いいえ。いただきます」

又十郎は麦湯を飲み、饅頭をほおばった。お道もおいしそうに饅頭を食べている。

天音はごくごくと麦湯を飲み干した。

「天音ちゃん。喉が渇いてたのね。お代わりを入れてあげる」

「いいえ、いいんです。……すみません、やっぱりください」

あいかわらず天音は遠慮深いな。又十郎は微笑む。

天音が急にお道を呼び止め立ち上がった。そのままふらりとよろける。驚いて支えようとした又十郎より早く、お道が抱き止めた。

「ああ、びっくりした。めまいでもしたの？」

「ごめんなさい。足がしびれてて……」

お道がころころと笑った。

「なあんだ。遠慮しないで足をくずしていいのよ。又十郎さんもね」

「はい。ありがとうございます」

お初の家を辞してしばらく歩いてから、天音が急に立ち止まった。

「あんちゃん、お初ちゃん家《ち》に幽霊がいた？」

「なんだい藪《やぶ》から棒に。……まあ、いたけどさ」

「お道さんの胸のところから男の人の声がした。『お道、お道』ってずっと呼んでた」

「ええっ！　そんなことどうしてわか……あっ！　さっき転びそうになったときか」

天音がこくりとうなずく。

「……なんだかお道さんの胸のところが気になったの」

それで声を聞くために、わざと天音はお道に抱きついたのか。又十郎は懐から紙と矢立を取り出した。

幽霊の絵姿を描く又十郎の筆先を、天音が息を凝らして見つめる。

「綺麗な顔をした人だね」

「だろ？　この男、お道さんと関わりがあったのかもしれねえな」

おそらく情夫だったのだろう。死んだ男は幽霊になってお道の側《そば》にいる。お道はお道で男の声がする何かを肌身離さず持っている。

これはいったいどういうことなのだ。このままほうっておいては、松蔵に災いが降りかかるのではないか。お初の勘は正しかったのかもしれない。

又十郎と天音は木戸の外で、仕事から戻る松蔵を待つことにした。

ほどなく帰って来た松蔵は、又十郎に仔細を聞かされて、地面にがくりと膝をついた。

「やっぱり……。おかしいと思ったんだ。あんな美人が俺みたいな男と夫婦になりたいだなんて……」

松蔵があまりにも気落ちしているので、又十郎は気の毒になった。それにこのまま家に帰してしまうわけにもいかない。

又十郎は思いついて、大家の家へ行ってみることにした。ひょっとすると幽霊は以前の店子《たなこ》かもしれない。そうなれば幽霊はお道とは関わりがないということになる。

だが、大家の河兵衛《かわべえ》は又十郎が描いた絵姿を見てかぶりを振った。

「この男は、保呂里長屋の店子ではない。松蔵も見覚えがないというのなら、やはりお道と訳ありなのではないか。なあ、ミケもそう思うだろう？」

ミケは素知らぬ顔で毛づくろいに余念がない。三毛猫できれいな毛並みをしている。きっと河兵衛にかわいがられているのだろう。

猫好きの天音がなでようと手を伸ばすと、ミケは身をよじってかわし、ツンとそっぽを向いた。天音が残念そうにため息をつく。

又十郎は紙の端をちぎってこよりを作り、ミケの鼻先で揺らしてみた。ミケが目にもとまらぬ速さで又十郎の手の甲をひっかく。たまらず取り落としたこよりをくわえ、ミケは悠々と立ち去った。

「松蔵よ。これはもう、お道に絵姿を見せ、尋ねてみるしかないぞ」

「でも、お道と訳ありの男だったら……」

「心配するな。いくら男前でも、相手は死んでしまってるんだ。お道を取り返しに来たりはしない」

「そりゃあそうですが……」

松蔵が袖で額の汗をぬぐった。なおも河兵衛がたたみかける。

「どうした。お道に男がいたってことが気に入らないのか」

「いいえ、滅相もない。あんなに綺麗で色っぽけりゃ、男の十人やそこらいたっておかしくはねえ」

「じゃあ、お道を離縁する気はないってことだな」

河兵衛に問われ、松蔵は迷いも見せずに「はい」と答えた。

松蔵はお道に心底惚《ほ》れてるんだな……。とんだのろけを聞かされちまった。たとえ幽霊がお道の情夫でも、松蔵が気に病まなければどうということはない。又十郎はほっとした。

急いで帰らねえとな。陽が落ちるとぐっと冷えるから、焼き芋でも買って歩きながら食うか。

又十郎の膝をつついた天音が、耳元でささやいた。

「えっ。それは……」

「どうした、又十郎」

「いえ、大家さん。天音が『この男の人はなぜ死んだのか』って」

「そりゃあ、普通は病か、怪我か……。いや、待てよ。ひょっとして殺されたか……って、まさかなあ。ははは」

「ちょっと、大家さん。おっかねえことを言わねえでくだせえよ」

「すまん、すまん」

松蔵と河兵衛のやりとりを聞きながら、又十郎はミケにやられた傷を眺めた。二寸ほどみみずばれになり血がにじんでいる。又十郎は、はっとした。

「幽霊の首にあざみてえな筋がついてました!」

急いで矢立を取り出し、幽霊の絵姿に線を描き足す。河兵衛がうなった。

「こりゃあ、縄かなにかで首を絞められた跡じゃないか?」

「で、でも、女の力で大の男を絞め殺すのは無理です」

血相を変えた松蔵を、河兵衛がたしなめた。

「誰も、お道が殺《あや》めたとは言ってないよ」

「言ったじゃねえですか、今」

「首を絞めたのは男だと思います」

「ふむ。それじゃあ手引きをした女がいたのかもしれないな」

「もう！　大家さん！　又十郎も又十郎だ！」

「ここで言っていても埒《らち》が明かん。直《じか》にお道に尋ねてみよう」

「そんなあ……」

　この人が男を殺す手引きをしたのだろうか……。胸の動悸をなだめ、又十郎は向かい合って座るお道に、壁を指差しながら言った。

「ここに幽霊がいます」

「きゃっ！」と悲鳴をあげ、お道が隣に座る松蔵に身を寄せる。べそをかいたお初も反対側から父親にしがみついた。

　続いて又十郎が幽霊の絵姿をお道の膝の前に置く。呆然としていたお道がやがて震え出した。涙がぽたぽたと絵姿に落ちる。

　これはいったいどういうことなのか。又十郎が声をかけようとした途端、お道が

「あんちゃん!」と叫んで壁に突進した。

「浅吉あんちゃん! 姿を見せて! 何か言ってよ!」

なんと、幽霊はお道の兄であったのだ……。壁にすがって泣くお道に、気の毒そうに河兵衛が言った。

「幽霊にもこちらの姿は見えないし、声も聞こえないそうだ」

お道は必死の形相で、又十郎の肩をつかんだ。爪が食い込んで痛い。隣で怯《おび》えている天音を又十郎はそっと抱き寄せた。

「又十郎さんなら、あんちゃんと話せるんでしょ。あたしがいるって、妹のお道がここにいるって伝えてちょうだい」

「申し訳ないんですが、俺、姿は見えても話はできないんです。ほんとうにすみません」

泣き崩れるお道の背を、松蔵がそっとなでる。

「お道には、兄さんがいたんだな」

「あんちゃんのこと、黙っててごめんね。『病気で死んだ兄貴がいるなんて、嫌われちまうといけねえから言うな』って遺言みたいに……。あんちゃんはなんでもすぐ心配する人だった」

「そうだったのかい。俺はちっとも気にしねえけど」

もらい泣きしそうになるのをこらえて、又十郎は大切なことをお道に聞いた。

「浅吉さんの首にあざのような筋がついていますが、これは何でしょう」

「長患いの自分が生きてちゃ、いつまでもあたしがお嫁にいけないからって。足手まといは死んだほうがいいって。首をくくったことがあったの」

誰も何も言わなかった。否《いな》、言えなかった。天音とお初が泣きじゃくっている。

「使った縄がたまたま古くて傷んでたもんだから切れて助かったんだけど、首に縄の跡が残っちゃった……。あたしが三つのときにおっかさんが死んで、五つのときにおとっつぁんが借金をこさえて夜逃げした。七つ年上のあんちゃんが、朝早くから夜遅くまで必死に働いて、借金を返しながらあたしを養ってくれたの。だから無理がたたって体をこわしたあんちゃんの面倒を、あたしがみるのは当たり前でしょ。何の遠慮があるもんか。馬鹿なのよ、あんちゃんは」

お道が手ぬぐいで涙をふいた。

「松蔵さんのことをあんちゃんに話したらすごく喜んでくれて。なのにそれから間もなく風邪をこじらせてあっけなく死んでしまった。あんちゃんは、あたしのことが心配で成仏できないのかしら……」

「お道さんの胸のところから男の人の声がします。『お道、お道』ってずっと呼んでます」

天音の言葉に、「ええっ!」と、お道が声をあげる。

「天音は物に宿った人の思いが聞こえるんです」

お道が慌てて懐から守り袋を引っ張り出した。

「あんちゃんが生まれたときに氏神様で授けてもらったお守り。形見にずっと持ってるの。声が聞こえるのはこれ?」

お道にわたされた守り袋を天音が胸に当て目を閉じる。

「間違いありません。『お道、お道』って呼んでます」

「やっぱりあんちゃんは、あたしのことを心配してくれてるのね。ありがとう、あんちゃん……」

お守りを返した天音が小首をかしげた。お道がふっと微笑を浮かべる。

「お守札の他に入ってる物があるのよ」

お道がお守りの袋から何か小さな物をつまみ出して畳の上に置いた。松蔵がつぶやく。

「キサゴ貝……あ、おはじきか。赤い色が綺麗だな」

「子どものころ、同じ長屋に住んでた男の子がくれたのよ」

「へえ」

「何が『へえ』よ。くれたのは松蔵さんでしょ」

又十郎たちは顔を見合わせた。松蔵が素《す》っ頓狂《とんきょう》な声をあげる。

「そんな馬鹿な！　……いや、待てよ」

松蔵が腕組みをして考え込む。

「あっ！　お道って女の子がいた！　えっ！　でも、やっぱり違う。だってあのお道ちゃんは不細工だっ――」

「パシッ」と小気味よい音がした。お道に平手打ちをされた頬を押さえ、「何すんだ！」と、松蔵が叫ぶ。

「そっちこそ何よ！　人のことを不細工呼ばわりして！　あたしは頑張って綺麗になったの！」

「じゃあ、お前、ほんとにあのお道ちゃんなのか？　……だんだん思い出してきたぞ。そういえば、浅吉ってあんちゃんもいたよな。ふたりとも長屋を出て行っちまって。俺、六つくらいだったけど、すげえ寂しかったんだぜ」

「うちが貧乏だったからよくいじめられて。いつも松蔵さんがかばってくれた。このおはじきは拾ったのを綺麗だからってくれたのよ。とてもうれしかった」

「ずっと持っててくれたんだな」

「うん……。あの日のことはよく思い出してたの。だからかな。不思議だけど、あたしが働いてる店に松蔵さんがご飯を食べに来た時、松蔵さんだってすぐわかったのよ。もう、びっくりするやら嬉しいやらでわけがわかんなくなっちゃった。松蔵さんの優しいとこ、昔とちっとも変わんないね……」

　お道の頬がほんのり桜色に染まる。

「じゃあ、お道は俺ってことを知ってて夫婦になってくれたのか」

「そうよ。当たり前じゃないの」

松蔵が絶句した。目からぽろぽろと涙がこぼれ落ちる。

お初も泣きながらお道に抱きついた。

「ごめんなさい！　あたし、おっかさんにおとっつぁんを取られちゃったみたいで、悔しくて悲しかったの」

「そんなことは、はなっからわかってる。気にしなくていいのよ」

袖で涙をふきつつ又十郎は尋ねた。

「お道さん、毎日どこへ出掛けてたんですか？」

「松蔵さんやお初ちゃんと、ほんとうに仲良くなれますようにって、氏神様にお参りしてたの」

お道も不安だったのだ……。又十郎は胸がいっぱいになった。松蔵がつぶやく。

「あのお道ちゃんだって言ってくれれば、俺だってなにも心配することたぁなかったのに」

「そんなの自分から言えるわけないでしょ。だめだね、おとっつぁんは。女心がちっともわかってない」

ふと気配が消えたので又十郎が壁を見ると、浅吉の幽霊はいなくなっていた……。

隣の杢兵衛《もくべえ》さん――三國青葉

『損料屋見鬼控え』番外編

『おわわ！』又十郎《またじゅうろう》は心の中で悲鳴を上げた。まさかこの長屋、呪われているのでは。

神田講談町《かんだこうだんちょう》は保呂里《ほろり》長屋。義妹の天音《あまね》の友だちお初《はつ》が住まう。この間はお初の家に幽霊が憑《つ》いていたが、なんとその隣の家から黒い霧が湧き出ているのだ。幽霊がいる印だった。

今日は、大家の河兵衛《かわべえ》の向かいに住む『ご隠居』と呼ばれている老人に、趣味で集めた骨董《こっとう》を見せてやると誘われたのでやって来ている。ご隠居の蘊蓄《うんちく》を聞くのは勉強になるはずだ。また、損料屋で扱うのに良い品があれば買い取らせてもらうことも考えていた。

依頼されているわけではないので、霊を見過ごしても誰に文句を言われるわけでもないし、わざわざ怖い思いをする必要はない。だが、霊が見える者として、やはり成仏させるのが自分のつとめだと思う又十郎なのである。

ご隠居の家へ入って挨拶を交わすと、さっそく天音が先に来ていたお初の隣に座り、なにやら嬉しそうに話し始めた。又十郎は手土産の大福をわたしてからご隠居に尋ねた。

「お初ちゃんの隣の家にはどんな方が暮らしているんでしょうか」

「佐野杢兵衛《さのもくべえ》というご浪人じゃ」

「……お元気なんですかね」

「毎日酒を飲んでごろごろしているが、寝込んだという話は聞かないよ。今朝も井戸端で見かけたなあ」

又十郎はほっと胸をなでおろした。杢兵衛が幽霊になっているのではないらしい。

ご隠居所蔵の骨董は、小さい物が多かった。長屋住まいでしまっておく場所が無いからだろう。煙管《キセル》と煙草入れ、印籠《いんろう》……。中でも一番数があるのは根付だった。

「これはさっき言っていた杢兵衛さんが、できるだけ良い値で売ってくれとわしに預けた物だ」

打ち出の小槌《こづち》と米俵と小判。縁起が良い根付だ。象牙でできていてかなりの上物だった。

飲んだくれ浪人にはそぐわない。あやしいぞ……。心の内が顔に出てしまったものか、ご隠居がにやりと笑う。

「博打《ばくち》でぼろ勝ちして巻き上げたと言うのだが、どうかな。まあ、何か後ろ暗い方法で手に入れたのだろう。でも、刀はとっくの昔に売り払って竹光だと言っていたから、力ずくではなさそうだ」

さっきから何か逡巡しているようだった天音が、意を決したらしく口を開いた。

「その根付、触らせてもらってもいいですか」

ご隠居から根付を受け取った天音は右手に握って胸に当て、目をつむった。きっと誰かの声がするのだろう。

やがて目を開けた天音に又十郎は優しく問うた。

「声が聞こえたのか」

「『八重《やえ》様、さらばでござる』って男の人の声がする」

「根付の持ち主は、八重という女子《おなご》に別れを告げているのじゃな。持ち主と八重は、李兵衛さんとどういう関わりがあるのかのう」

「八重さんって人が、李兵衛さんのいい人なのかもしれない」

お初が笑う。

「ないない。天音ちゃん、それは絶対にない。だって李兵衛さんって髭《ひげ》も月代《さかやき》も剃ってなくてぼうぼうだし。湯屋にもあんまり行かないみたいで、すれ違うとぷんと臭うんだよ」

「そうなんだ。好いた人がいたら、身なりに気をつけるもんね」

「っていうか、相手の女の人がそんな恰好させておかないでしょ」

天音は普段友だちとこんなこと話してるんだ。俺が天音くらいのころは食い物の話ばっかりだったけど。女の子はおませだな。

八重が李兵衛の母親とも考えられるが、もしそうだったら根付を博打で巻き上げたと嘘をつく必要はないのだ。ご隠居の言うように悪いことをして手に入れたのだとすると、幽霊とも関わりがあるのかもしれない。

「あのう……。実はその李兵衛さんの家に幽霊がいるみたいなんですが」

「ええっ！」と皆が声をあげた。

「それは見に行かねば」

なぜかご隠居は大張り切りだ。

「……今、すぐにですか？」

「なんじゃ、又十郎。顔色が悪いようだが、ひょっとして怖いのか？」

「まさか。ははは。そんな馬鹿な」

ご隠居を先頭に、皆で杢兵衛の家へと向かった。

天音やお初の前で怖いなんて言えるはずがない。怖いにきまってる。

ご隠居は見えないから平気なんだ。見えてみろ。きっと腰が抜けちまうから。

怖いのを紛らわそうと、又十郎は心の中でぶつぶつと文句を言った。

「杢兵衛さん。いるかね？　おや、留守のようだな。……ちょっと入らせてもらうよ」

黒い霧は消え失せている。覚悟を決めて又十郎はご隠居の後ろから家の中をのぞき込んだ。

万年床のまわりに湯呑みや皿、経木《きょうぎ》、折箱などが転がっている。調度は何もなかった。

壁を見た又十郎は「あっ！」と叫んだ。

白装束を着た老齢の武士が目を閉じて座っているのだが、腹のあたりが血で真っ赤に染まっている。思わず又十郎は駆け寄った。

「大丈夫ですか！」

老武士の肩に手をかけたつもりが壁に触れた。又十郎はふにゃふにゃと膝をつく。

老武士は幽霊だったのだ。しかも切腹して果てたものと思われた。

「どうした、又十郎」

ご隠居が心配そうに又十郎の顔をのぞき込む。天音とお初は青い顔をして手を取り合い震え出した。

又十郎は壁を指差した。

「ここに幽霊がいます」

ご隠居が「わあっ！」と悲鳴を上げ、尻もちをついた。案の定腰が抜けてしまったらしい。

又十郎に背負われて家に戻ったご隠居は、天音とお初がいれた麦湯を飲んで「ほうっ」とため息をついた。

「このようなものが見えてしまうとは、又十郎も難儀じゃのう……」

又十郎が描いた幽霊の絵姿を眺めながら、しみじみとした口調でご隠居がつぶやく。又十郎は思いがけない言葉に涙ぐみそうになって瞬《まばた》きを繰り返した。

「この幽霊が杢兵衛さんと関わりがあるとは限らないんです。以前住んでいた人の知り合いかもしれませんし」

「しかしあの家は杢兵衛さんの前はずっと町人ばかりだったからなあ」

「こんな幽霊が隣の家にいるなんて、あたし、嫌だ」

お初がべそをかいている。無理もなかった。

「お初ちゃん、うちへおいでよ。いいよね、あんちゃん」

「おう。そうしな。おとっつぁんとおっかさんも一緒に。皆で巴屋《ともえや》に泊まればいい」

巴屋も広くはないが、工夫すれば寝ることができるだろう。

「それより、同じ町内に住むわしの知り合いにかけあってやろう。そうすればお初は手習いにも通えるからのう」

「そうですね。せっかくこっちの手習い所に慣れたばかりだし。そのほうが俺もいいと思います」

天音と顔を見合わせ微笑《ほほえ》み合うと、お初が「お願いします」とご隠居に頭を下げた。

「それにしても、このご仁は杢兵衛さんとどういう関わりがあるのか。どう見てもどこかのお屋敷に仕えるご家来のようだが」

大福を食べながら考え込むご隠居の隣で、又十郎も腕組みをして天井をにらんだ。

「あ、ひょっとしてさっきの根付の声の人じゃないでしょうか。切腹するから『さらばでござる』なのでは」

「それだと『八重』はどうなる？」

「ええと、あのお侍が根付を形見として八重様にわたして、それがある男にわたって、博打の借金のカタとして杢兵衛さんの元へ」

「博打をするような男と八重様が付き合うだろうか。このご仁がお仕えしている女子だぞ。又十郎は、ふたつの事柄を無理やりくっつけただけではないかな」

「うーん」と言いながら頭を抱えている又十郎の袖を、天音が引っ張った。

「根付から聞こえる声はお爺さんじゃなかった」

「えっ！　そうなのか！　それじゃ違うな……ああ……」

しょんぼりする又十郎の肩を、ご隠居がぽんとたたく。

「まあ、焦るな……」

「わかった！　根付の声はね、きっと八重様とご家来が心中の約束をしてたんだよ。身分違いの恋。だけどいざとなったら怖くなっちゃって、ご家来が裏切ったの。『さらばでござる』。そして、お屋敷を追い出された八重様は、暮らしに困って根付を売った。それが巡り巡って李兵衛さんの手に渡った。あたし心中物に詳しいんだ。おっかさんがよく話してくれるから」

「お初ちゃん、それはあんまり突飛過ぎねえかい」

又十郎は苦笑したが、天音とご隠居がふむふむとうなずいている。ええっ！　俺の考えたのより、お初ちゃんの芝居の筋書きみてえなほうがありなのかよ。まあ、俺も苦しまぎれに思いついただけだけどさ……。

その時、調子の外れた端唄《はうた》が聞こえてきた。お初が叫ぶ。

「李兵衛さんだ！」

李兵衛は、大柄で肥えていた。目がぎょろりとしている。なるほど髭と月代が伸び放題になっており、酒臭いのに加えて、ぷんと垢《あか》の臭いがした。

「両国の損料屋が何の用だ。別に借りたい物もなし。あれば近くの損料屋で借りれば事足りる」

李兵衛は万年床をぱんぱんとたたいた。

「これは借り物ではないぞ。正真正銘俺の持ち物だ。博打で勝った折、奮発したのだ。お陰で蚊帳《かや》と交代で質に入れれば、働かずとも食っていける。まあ、贅沢はできぬがな」

杢兵衛がどのように活計《たっき》を立てているのか不思議に思っていた又十郎は納得がいった。贅沢をしたくなった時のために根付を売り払おうとしているのだろう。腰の物もそうやって消えたに相違ない。

「ここに幽霊がいます」

又十郎が壁を指差すと、杢兵衛はにやりと笑った。

「又十郎はほんとうに見えるのですよ。読売にも書かれたことがある」

「ほう、それは、それは」

信じてもらえないのには慣れっこになっている。又十郎は懐から幽霊の絵姿を取り出して、杢兵衛の前に置いた。

にやにや笑いを頬に貼りつかせたまま杢兵衛が固まった。顔から血の気が引く。

「お知り合いですか？」

「いいや」

「お顔の色がすぐれぬようですが」

「今日は飲み過ぎた。今から寝るゆえ帰ってくれ」

杢兵衛は又十郎たちに背を向けると万年床にごろりと横になった。

明らかに杢兵衛はこの幽霊が誰なのかを知っている。そしてそれを言いたくないのだ。

あやしいが今はどうしようもない。あとで手立てを考えよう……。

土間におりた又十郎に杢兵衛が声を投げた。

「幽霊は何と申しておる」

「わかりません。俺は幽霊が見えますが、話はできないんです」

応《いら》えはない。振り返ると、杢兵衛はやはり背を向けたままであった。

次の日、保呂里長屋のご隠居から知らせが来た。杢兵衛がいなくなったというのだ。どうやら夜のうちに逐電したらしい。

やはり、何らかの形で杢兵衛はあの幽霊と関わりがあったのだ……。河兵衛やご隠居は、又十郎に責めはないと言ってくれたが、お上《かみ》に知らせたほうがよかったのではないか。むざむざ逃がしてしまったと、又十郎は大いに悔やんだ。

それから十日ほどして、またご隠居から知らせが来た。なんと杢兵衛が舞い戻ったとのことだった。又十郎は天音を連れ、急いで保呂里長屋へと向かった。

ご隠居の家へ行くと、杢兵衛が上がって酒を飲んでいた。又十郎は天音と共にご隠居の隣に座った。杢兵衛とは向かい合う形になる。

「どこへ行っていらしたんですか」

「下野《しもつけ》だ。そこに俺の生まれ育った家がある」

故郷へ帰っていたのか。でも、いったい何のために。

「家というか、まあ、城だ……」

「お、お城ですって？　ひょっとしてお大名」

驚きのあまり、又十郎は声が裏返ってしまった。

「大名とは申せ、一万石ぎりぎりだ。その石高《こくだか》だと普通は陣屋だが、うちは城持ちでな。先祖が手柄を立てたかららしい……。これがまた金がかかるのだ。武士は体面を重んじるからのう。要するに見栄を張るわけじゃ。切り詰められるところは切り詰めて質素倹約。お家大事ってな」

酔っているのだろう。呂律《ろれつ》が回っていない。

「俺のまことの名は小三郎《こさぶろう》と申す。貧乏大名の三男坊など犬猫にも等しい扱いよ。婿の口などないゆえ、それが一生続く。俺はすっかり嫌気がさして江戸へ出奔したというわけさ」

杢兵衛はひと口酒を飲んだ。

「守役の治兵衛《じへえ》は俺の気持ちをくんで、金を持たせて送り出してくれた。犬が逃げた払いができて、せいせいしたと皆がほっとするにきまっておる。俺はそう思うたし、厄介とて誰も気にせぬ。これでもう餌をやらずにすむと喜ぶであろう。俺も同じだ。厄介払いができて、せいせいしたと皆がほっとするにきまっておる。俺はそう思うたし、治兵衛も申した。形だけの謹慎ですむと。まさか詰め腹を切らされるとは……」

あの幽霊は杢兵衛の守役の治兵衛だったのだ。又十郎は唇をかみしめた。天音が又十郎の袖の端をぎゅっと握る。ご隠居がため息をついた。

「こたび国へ帰ってみたら状況が変わっていた。家を継いだ長兄は元々病弱でな。子もおらぬので次兄が跡継ぎに立てられていた。その次兄は腸《はらわた》がねじれ、たった一晩で死んでしもうたのだ。それを聞いた長兄が気を失って倒れた。心の臓が弱っておって、もう長くはないらしい」

杢兵衛は両手で顔を覆った。

「なんとこの俺にお鉢が回ってきた。家を継がねばならぬ。だが、俺は嫌だ。貧乏大名家を切り回してゆかねばならぬなど、苦労ばかりではないか。俺は今の暮らしが気に入っておるのだ」

「人には持って生まれた定《さだ》めがあります。何があってもその定めは変えられないのですよ」

諭《さと》すご隠居に杢兵衛は吠えるように言った。

「そんなものは知らぬ！　皆が俺をさんざん粗末に扱ったのだぞ！　あんな家、潰れてしまえばよいのだ！」

「ご家来衆は何人いらっしゃるのですか？」

又十郎の問いに、一瞬鼻白んだ杢兵衛はぶっきら棒に答えた。

「およそ百人だ」

「お家が潰れれば、ご家来衆とその身内、合わせてたぶん六百くらいの人々が路頭に迷います」

「うっ」

「そして、治兵衛さんは、心残りがあって杢兵衛さんの家に憑いているのです。その心残りが何なのか、杢兵衛さんが一番よくご存じのはずです」

「治兵衛は、俺が家を継ぐことなど望んでおらぬわ」

「それならばなぜ、治兵衛さんは成仏できずに家に憑いているのですか」

杢兵衛は黙ったままだ。天音がご隠居に何かささやいている。

「まだ、杢兵衛さんに尋ねてはいないんだが。今は取り込み中だし、またあとにしよう」

「お願いします。出してください」

天音の懇願に負けて、ご隠居が文箱の中から根付を取り出して天音にわたした。例の声がするあの根付だ。

天音が杢兵衛の膝の前に根付を置いた。

「あたしは物に宿った人の思いが聞こえます。この根付からは『八重様、さらばでござる』って声がします」

根付を握り締めて杢兵衛が叫ぶ。

「治兵衛！　そなた切腹を覚悟していたのか！　己の身を犠牲にして俺をゆかせてくれたのだな……」

「『八重様』と言ってますし、声が若いということなので、声の主は治兵衛さんではないと思いますが」

「治兵衛は年の割に声が若《わこ》うてな。それが自慢の種だった。この根付は元々治兵衛が持っていたのを、俺が城を出る折にくれたのだ。そして『八重様』とは俺のこと。当家では無事成長するようにと、跡継ぎの男子は、幼い頃女子として育てられる。長兄も次兄もそうして育てられたが、俺だけがほったらかし。すねておったら、治兵衛が『八重』と名付けてくれたのだ。末広がりの『八』が『重なる』で縁起が良いと。治兵衛とふたりきりのときは、いつも『八重様』……」

杢兵衛の目から涙があふれる。

「治兵衛、なぜ申してくれぬ。そなたを死なせることになるのなら、俺は出奔などしなかったのに……」

又十郎は必死に嗚咽をこらえた。天音が泣きじゃくっている。ご隠居の頰に涙が伝った。

「小三郎様！　いずこにおわす！」

「小三郎様！　お迎えに参りましたぞ！」

「小三郎様！　どうかお戻りになってください！」

何人もの男たちの呼ぶ声がする。

「家中《かちゆう》の者にあとをつけられていたとは。抜かったな。俺が家を継げば治兵衛は成仏できるのか……。成仏せずに側《そば》におってくれるほうが俺は心強いがのう」

根付を見つめ、杢兵衛が大きなため息をついた。

「ご隠居、世話になった。礼を申す。それから又十郎と天音もありがとう。ふたりのお陰で治兵衛のほんとうの気持ちがわかってよかった」

杢兵衛が勢い良く立ち上がる。そして入口の戸を開けると大声で言った。

「おおい！　俺はここじゃ！」

又十郎は走って杢兵衛の家を見に行った。

「治兵衛さんが成仏なさいました！」

駕籠《かご》に乗り込もうとしていた杢兵衛が、又十郎を見てにっこり笑った……。

ふくろうさま

風野真知雄

一

おつたは今日も仕事から帰ると、部屋の真んなかにぺたりと腰を下ろした。それから天井に向かって手を合わせ、

「ふくろうさま、ふくろうさま。今日も一日、ありがとうございました。嫌なことは

いくつかありましたが、どうにかやり過ごすことができました。これもふくろうさまのおかげです」

と、つぶやいた。

おつたは日々、変な神さまを拝んでいる。いや、変な神さまとは他人が言うことで、自分ではそうは思っていない。

その神さまは、〈ふくろうさま〉。おつただけの神さまである。神棚もなければ、お札《ふだ》もない。おつたが言うには、「上のほう」にいらっしゃるのだそうだ。

漢字で書けば、不苦労さま。

その教えは、きわめて単純で、

「あんたの身にいま起きていることは、苦労なんかじゃないよ」

というものである。

ご利益はなにもない。助けてもくれない。ただ、

「それは苦労じゃない。いつか必ず、あんたのためになる。だから、苦労と思わないほうがいいんだ」

と、教えてくれるだけ。

もともとは、十年前——おつたが十三のときに火事で亡くなった両親の口癖だっ

た。それを思い出すうち、おつたの胸のなかで信心のようなものになった。

今日もつらいことがあった。おつたは単に「嫌なこと」とつぶやいたが、ふつうの人間ならかなりうんざりしてしまうくらいの嫌なことだった。

おつたはいま、近所の料亭〈くろぬま〉で下働きをしている。仲居や女中ではない。客の前に出ることはなく、皿などの洗いもの、主人の家族の衣類の洗濯、厠《かわや》の掃除、それから客が吐いたりしたときの汚れものの始末といったことがほとんどである。

今日は、神田《かんだ》の年寄りたちの宴会があり、誰かが座敷に脱糞《だっぷん》したまま帰って行ったのである。もちろん、後始末はおつたの担当だった。これは年寄りゆえの粗相《そそう》なのか、それとも酔った挙句の悪ふざけなのか、おつたは首をかしげながら、踏みつけられたそれを何度も拭きつづけたのだった。

ほかにもいろんな洗いものや後始末があり、一日中、めまぐるしいくらいの忙しさだった。

途中、どこか甘味屋《かんみや》にでも寄って、汁粉《しるこ》でも食べて帰ろうかとも思った。

だが、おつたはわずかな出費も我慢し、この家に帰って来て、まずは祈るのだった。

「はい。これは苦労なんかじゃありませんよね、ふくろうさま」

二

天井に向かって祈っていると、

「また、くだらない出鱈目《でたらめ》の神さまを拝んでいるのかい？」

後ろで声がした。

振り向くと、同じ長屋の住人であるおたかがいた。

おたかの歳は、おつたと同じ二十三。少々蓮っ葉《はすっぱ》なところはあるが、気のいい女である。二人とも江戸では行き遅れと言われる歳になっているが、嫁に行くのはなんとなく諦めているというので、気が合っている。

「あ、おたかさん」

「あんた、今朝の話、考えといてくれたかい？」

「ああ、あれはやっぱりあたしには無理だよ」

「無理じゃないって。あんた、まさか女郎と勘違いしてるんじゃないだろうね。ただの酒の相手だよ。そりゃあ、なかにはしつこく身体を触ってきたりするのもいるよ。でも、そのときは撥《は》ねのけたっていい。上手にかわしたっていい。あくまでも、話し相手が仕事なんだから」

「そういうのもできないと思うんだよ」

おつたはそもそも人と接するのが、あまり得意ではない。人が嫌いというわけではない。ただ、話の調子になかなかついて行けなかったりするのだ。

おつたは他人の言うことに、すぐ疑問を持つ。たとえば「前の魚屋はケチだよな」と、誰かが言ったとする。おつたは、あの人はほんとにケチなのか、かつて何かお金に関することで苦しい目に遭って、そのためしっかりしているだけではないのか、などと考えてしまい、つい返事の方が遅れてしまう。相手はすぐに返事が来ないから、何か嚙《か》み合わない感じになり、白けた間ができたりする。

そういうことがしょっちゅうあるので、いつのまにか他人と話をするのが苦手になってしまった。

おたかが戸口に立ち、おつたの反応に不満げな顔をしていると、

「どうした？」

長屋の源《げん》さんが声をかけてきた。

「うん。うちの店の旦那《だんな》が、おつたちゃんを見かけて、ぜひうちで働かせてやれって。あんな店で安い賃金でこき使われているより、ぜったいましなんだから」

と、おたかは振り向いて言った。

「そりゃあ、いい。くろぬまに行ってんだろ。あそこは昔っから、人使いが荒いので有名なんだから」

「でも、おつたちゃんはやらないってさ。今日もふくろうさまを一生懸命拝むんだと」

「ふくろうさまねえ」

源さんは鼻で笑って、いなくなり、おたかも諦めたらしく、自分の家に入って行った。

長屋の連中は皆、

「ご利益もない信心なんか、誰がするもんか」

と、見向きもしない。

だが、ちょうど仕事帰りで井戸端で身体を拭いていた、青物の棒手振《ぼてふ》りをしている

長太《ちょうた》は、

「ふくろうさまってのは、いい教えだと思うけどなあ」

と、つぶやいた。

三

今日の今日こそ、おつたは疲れ切ってしまった。つくづく嫌になり、ついには途方に暮れたようにぼんやりしてしまった。

夕方からおこなわれた広間の宴会は、蔵前《くらまえ》の札差《ふださし》たちの集まりだとかで、大勢の芸者が呼ばれ、馬鹿騒ぎそのものの嬌態が繰り広げられた。それでもああした人たちというのは切り上げは早く、五つ（夜八時）を過ぎるころには、数人の酔いつぶれた客が残っているくらいだった。

客が吐いたというので、おつたが呼ばれた。客は広間ではなく、隣の六畳間に入り込み、そこで胃のなかのものをしこたま吐き出したらしかった。さっそくおつたがまき散らしたものを拭き、きれいにした。そのあいだ、客は目を覚ましたらしく、横になったままじっとおつたの仕事ぶりを見ていて、

「おめえ、よく、そんなきたねえものをさわれるな」

などと言っていた。

もちろんおつたは相手にしない。

ようやく始末を終えて、洗い場にもどると、しばらくして、また、呼ばれた。さっきの六畳間に行ってみると、客と仲居がいた。嫌な雰囲気が漂っている。

「ねえ、この方の財布がないんだって」

と、仲居が言った。

「はあ」

なんのことだかわからない。

「あんたが来る前はあったんだって」

そうか、疑われているのか、と思った。するとどうしても、

「あたしは知りませんが……」

おどおどした口調になってしまう。

客は、酔いが醒めたのか、魚の下腹のような青白い顔色になっていて、

「あんたしか、ここに入ってないんだぜ。となれば、どういうことかわかるだろ？」

と、変にやさしげな、諭すような口調で言った。歳は四十半ばくらいか、切れ長の目で鼻筋が通り、女中たちがいい男と言っているのも、確かこの客だった。

「そんなこと言われても……」

「あんたじゃないと言い張るんだったら、着物を脱いでみな。それがいちばん簡単だ」

客は軽い調子で言った。

「着物を脱ぐ……」

おつたは呆れた。そんな無茶苦茶な話があるだろうか。それなのに仲居は、

「おつた。うちでも指折りのお得意さまだよ」

と、身体を寄せて囁《ささや》いた。

客は声を出さずに笑っている。

「ほら、早くおし」

仲居は無理やり帯をほどきにかかった。おつたはどうしたって抵抗してしまう。

「こういうときは、思い切りよくやったほうがいいの」

仲居は襟に手をかけ、ぎゅっと引き剝いでしまった。ぴりっと着物のどこかが破れ

る音がして、

「あ」

破れを確かめようとしたが、おつたはその隙に丸裸にさせられてしまった。

「おめえ、面《つら》は汚れてるが、身体はきれいだな。吉原《よしわら》で働いたほうが稼げるぜ」

客はそんなことを言った。

「財布は大きいんでしょ。ないみたいですけどね」

仲居は不思議そうに言った。

そんなものあるわけがない。おつたが客を睨んだとき、髷《まげ》の後ろが目についた。

「それはなんですか」

客はなんのつもりか、鉢巻をしている。酔っ払って隠し芸でもしたのかもしれない。

その鉢巻の後ろのところに布の手帖みたいなものが挟んである。

「あ、ここに挟んだのか。そうだ、そうだ。かっぽれ踊ったときだ」

「やあね、旦那ったら。おつたを裸にまでさせちゃったじゃないですか」

仲居がぶつ真似をした。

「いやあ、悪かった。そうだ、これはお詫びだ」

客は見つかった財布から小判を一枚出して、

「取っておけ」

「そんな。要りませんよ」

脱がされた着物を急いで着ながら言った。

「いいから、いいから。遠慮するな。仲居なんかしょっちゅうもらってんだから」

と、無理やり一両を握らせた。

「え……」

おつたはびっくりして、どうしていいかわからない。小判なんか触るのも初めてである。

「そこまでおっしゃるんだ、もらっときな」

と、仲居が言ったので、おつたは仕方なくそれを袂《たもと》に入れた。だが、洗い場にもどっても、袂に一両があると落ち着かない。結局、店の旦那に話し、預かってもらった。

ところが、洗いものをすべて終えて、店を出ようとしたとき、

「あいつ、裸を見せて一両もらったんだってさ」

と、女中から指を差された。仲居が言ったに違いなかった。

悔しさと悲しさで、やっと歩いて長屋に帰った。

だが、今日ばかりは、ぺたりと座り込んだまま、ふくろうさまに手を合わせようとはしない。動くこともできない。じっと座り込んでいる。ひたすら胸が苦しい。ほんとに、あたしなんかに苦労が苦労じゃなくなる日なんか来るんだろうか。苦労を苦労と思わないでいたら、苦労はどんどん大きく膨らんでいくだけではないのか。

――ああ、もう、おとっつぁんとおっかさんがいるところに行きたい……。

その思いはいつも心のどこかにあった気がする。それを押さえつけてきた。押さえつけられたのは、ふくろうさまへの信仰のおかげだった。だが、その信仰をいまは疑い始めている。

そのときだった。

「ほっほう」

と、ふくろうの鳴き声が聞こえた。

「え、嘘でしょ」

おつたは立ち上がった。

「ほっほう」

外に出てみた。確かに聞こえている。

塀の向こう、空のほうからである。ここらに木なんかない。本物のふくろうは来るわけがない。

「ふくろうさま……」

ふくろうさまは、やっぱりいるんだ。今日のことも苦労なんかじゃないんだ。

おつたは確信していた。

四

ふくろうさまはやっぱりいるのだと確信した翌日――。

不思議なことに、おつたの身にちらほらといいことがつづいた。

朝、戸口のわきのところに、小さな菫《すみれ》らしい花が咲いているのを見つけた。

「あら」

薄青い花びらが、なんとも清々しい。いつ、こんなところに生えたのだろう。いままで雑草かと思って見落としていたのか。

だが、どこかから持って来て、植えたみたいな感じもした。

くろぬまに行くのに歩いていて、通りすがりの年寄りから、

「髪飾り、似合ってるよ」

と、声をかけられた。

「髪飾り？」

そんなものを差した覚えはない。髪に手をやると、本物の花がついていた。百日紅《さるすべり》の花だった。満開だった木の下を通ったので、散った花が髪についたのだろう。薄紅《うすべに》色のやさしげな花である。「似合う」と言われたことが嬉しかった。

この日は、とくに胸が悪くなるような洗いものや後始末もなく、すんなり終わって帰ることができた。途中で見た夕陽は、やけにきれいだった。

長屋にもどると、井戸端のところに長太が立っていて、まるで待っていたかのようにやって来たら、

「これ」

と、ざるに山盛りの茄子《なす》を差し出した。よく肥った、艶々《つやつや》と輝くような茄子である。

「あんまりいい茄子だったんで、売らずに持ち帰っちまった」

「そうなの」

「やるよ、おつたさんに」

「あたしに……」

長太はひと月ほど前に、この長屋にやって来た。大家から聞いた話では、ようやく自分の青物屋を持ったのだが、誰かに騙《だま》されたかして店はつぶれ、もう一度、棒手振りからやり直すことにしたのだという。二十五になってやっと自分の店を持てたのに、次はいつになるかわからないと、大家は同情したように言っていた。

「食べとくれ」

「自分で食べないの？」

「おいら、料理は苦手だから」

「だったら煮つけにでもしてあげるわよ」

他人のために料理をするなんて、滅多にないことである。

「そうかい。でも、おいらだけじゃ食い切れねえ。おつたさんの分も取っとくれよ」

「うん。ありがたくいただくわ」

おつたは、山盛りの茄子を受け取った。

「あのう、じつはさ」

長太は、照れた顔をした。

「なに?」

「うん……」

話に間ができてしまう。だが、おつたはこういう間は嫌いではない。それどころか、誰ともこういう間を取りながら話ができたらいいと思う。

「おいらも近ごろ、拝んでいるんだよ、ふくろうさまを」

赤い顔になって長太は言った。

「まあ、そうなの」

「おつたさんを見てたら、信じられたんだ。いい教えだと思ったよ」

「うん、いるよ、ふくろうさまは」

と、おつたは言った。ご利益はないはずだけど、ときおりちょっとしたいいことくらいは与えてくれるのかもしれない。今日のいくつかのできごとのような。

「だよな。昨夜なんか、つい、夜道でふくろうさまの真似までやっちまった」

「真似?」

「ほっほう、ほっほうって鳴き真似だよ」

「ああ」

昨夜聞いたのがそうだったのだ。

だが、おつたはそれがふくろうさまの正体だとは思わなかった。ふくろうさまが、長太という、この人の良さそうな若者の口を借りて、おつたの耳に届けてくれたことに違いなかった。

「辛いのは苦手？」

「いや、好きだよ」

「じゃあ、唐辛子でちょっとぴりっとさせるね」

そう言ったおつたの声は、明らかにはずんでいた。

面影橋の女——風野真知雄

一

長屋に住む町絵師の一陽斎国松《いちようさいくにまつ》は、通りかかった絵草子屋《えぞうしや》で、売り出したばかりの一枚絵を見て驚いた。

「おみち……」

思わず買い求めていた。

その絵は、〈面影橋《おもかげばし》の女〉と題されていた。とくに連作の一枚というわけではなく、単発で出されたものらしい。

描いたのは、西州《さいしゅう》　亭京楽《ていきょうらく》。国松がかつて師事した人で、美人画の大家として名高い。だが、驚いたのは師匠の絵だからというわけではない。

描かれているのが、どう見たって、五年前に惚《ほ》れ合っていながら別れたおみちだったからである。

師匠の描く美人画は、どれも同じような顔に思われがちだが、じつは手本にしている女とそっくりに描いているのだ。

鼻の線といい、左の口元のほくろといい、少し猫背で寂しげに見えるところも、おみちそっくりだった。

思わず胸が締めつけられた。おみちのことは本当に好きだった。あれ以来、あんなに惚れた女とは出会っていない。というより、おみちを思い出してしまい、いま目の前にいる女に惚れることができないのだ。

小さな筆屋の一人娘だった。跡継ぎはいないが、国松が絵師の仕事のかたわら商いの手伝いもするなど、決していっしょになるのが無理だというほどではなかった。おみちもそのつもりだった。

ところが、急に商売が傾き、おみちは大きな筆問屋の若旦那《わかだんな》に請われて、嫁に行くことになった。そのかわり、傾いた店は立て直してくれて、父母の暮らしも保証されるということだった。

まだ独り立ちできずにいた絵師の卵などにはどうすることもできなかった。

ところが、それから二年ほどして、若旦那の代になった筆問屋は、取り付け詐欺に遭ったかして、潰れてしまったのだという噂を聞いた。おみちのことはもちろん気になったが、会いに行く気にはなれなかった。おみちが嫌がるだろうと思えたからだった。

そのおみちが、いま、国松の手のなかにいた。

橋のなかほどに立っている。描かれているのは上半身だけで、顔立ちや表情は克明な筆さばきになっている。どこかうつろな目は、川の流れを見つめているみたいだった。

面影橋というのは聞いたことがある。確か、神田川《かんだがわ》の上流に架かった橋ではなかったか。だとすると、音羽《おとわ》にある師匠の家からも、そう遠くはない。

——だが、ほんとにおみちか？

そこが不思議である。そもそも師匠は、おみちのことを知るわけがない。しかも、おみちは嫁に行ったから、眉を落とし、鉄漿《かね》もしているはずだが、この絵には眉も描かれ、白い歯が見えている。

——やっぱり人違いだ。

国松はため息とともにそう言い聞かせた。

二

一度は自分に言い聞かせた国松だったが、二、三日すると、どうしても気になって堪《たま》らなくなった。

結局、いまも付き合いがある兄弟子の西州亭楽二《らくじ》の外神田の家を訪ねてみた。

「兄《あに》い」

「おう、国松、久しぶりだな」

兄弟子は、ちょうど武者絵に色を入れているところだった。もともとは国松といっしょで師匠の美人画に惚れて入門した口だったが、筆さばきが硬過ぎて、師匠から武者絵を勧められると、それでいちやく人気絵師になれたのだった。

「じつはこの絵なんだけどさ」

と、国松は面影橋の女の絵を差し出した。

「ああ、師匠の新作だ。ここんとこ点数が少なくなっているが、やっぱりいいよな。この色使いは、誰にも真似はできねえよ」

「色使いはともかく、おいらが気になったのはこの女なんだよ」

「女？」

「おいらが昔、付き合ってた女にそっくりなんだ」

「ふうん。そんな女いたのか？」

「いたんだ。誰にも言ってなかったけど」

「師匠も知らないのか？」

「知らないよ」

「だったら、たまたま知り合って、絵の手本になってもらったんだろうよ」

「そんな偶然があるかな」

国松が首をかしげると、

「国松。師匠に直接、訊けばいいじゃねえか」

と、兄弟子は言った。

「いや、それは……」

国松は、おみちと別れたあと、師匠に絵のことで叱られたのに腹を立て、飛び出してしまっていた。才能があると言われながら、まるで売れず、腐っていたうえに、おみちに去られたばかりのときで、国松はそのことをずっと後悔していた。尊敬もしていたし、いい師匠だったのである。

その後、国松は努力を重ね、いろいろ売り込みもしたりして、近ごろは一枚絵こそ描かせてもらえないが、黄表紙の挿画で、けっこう売れっ子になりつつある。

「師匠もおめえに会いたいと言ってたぜ」

「ほんとかい」

できればあのときのことを謝りたい。

「でも、やっぱり……」

「だったら、おれも付き合ってやるよ。おれも久しぶりに師匠に挨拶に行こうと思ってたんだ」

兄弟子も付き合ってくれるというので、師匠に会いに行った。

音羽の師匠宅は、五年ぶりだった。

三

すっかりかしこまってしまった国松に、

「頑張ってるじゃねえか」

と、師匠は柔らかい声で言った。怒ってはいないらしい。

「ええ」

「京屋伝七《きょうやでんしち》の街道物は見させてもらった。うまく描いてるじゃねえか。あれが売れてるのは、おめえの絵のおかげだろう」

「ありがとうございます。師匠に教わったことは、いまでも肝に銘じてます」

「そう言ってもらうと、おれも嬉しいや」

胸が一杯になる。

師匠に褒められるというのは、こんなにも嬉しいことなのか。

「それで、今日は用事でもできたのか？」

「それがですね」

言いにくそうにしている国松のわきから、兄弟子の楽二が面影橋の女のことを説明してくれた。

「ああ、やっぱりな。じつは、そのことでおめえが訪ねて来るかもしれねえとは思っていたよ」

「というと、あの女は？」

国松は、急《せ》き込んで訊いた。

「ああ、おみちさんだよ」

「そうですか」

思ったとおりだった。師匠の腕もあるだろうが、あの独特のはかない感じは、おみち独特の雰囲気なのだ。

「去年のいまごろさ。おみちさんが訪ねて来てな。こちらに国松さんはおられないかと言うのさ」

「ええ」

「最初は、前におめえが住んでいた長屋を訪ねたんだろう。でも、おめえは引っ越していなくなっている」

「はい」

当時は、師匠のところにも通いやすい小日向水道町《こひなたすいどうちょう》の長屋に住んでいた。だが、師匠の元を出てから、いまの長屋に移ったのだった。

「おれのことは、よく聞いていたってな。いい師匠と言ってたので、まだ出入りしてるはずだと思ったそうだ」

「………」

「ところが、五年前に喧嘩して出て行ったと言うと、国松が自棄《やけ》を起こしたのも自分のせいだと悔やんでいたよ」

「なんてこった」

国松は深くうなだれた。

「それでな。ここからはつらい話になる」

「え」

思わず顔を上げた。

「おめえを捨てて、好きでもない男のところに嫁に行ったことは、悔やんでも悔やみきれなかったそうだ。そこへ、おめえが自棄を起こしたと聞いたものだから、ぼんやりして歩いて行ったところが、面影橋のところだった」

「まさか……」

「面影橋なんて名前もよくねえよな。あの日はちょうど長雨のあとで、川の水嵩も増えていたのさ」

昔、あの橋から亡き夫を追って、姫さまが飛び込んだとかいう伝説がある。

「飛び込んだのですか？」

「ああ」

「……………」

国松は胸が苦しくなった。肩で何度か息をした。おみちがもう、この世にいないということが信じられなかった。

「ちょうど、一年前のいまごろだ。おれも供養のつもりであの絵を描いた。おめえも灯籠《とうろう》でも流して供養してやるといい」

「わかりました。そうします」

国松は師匠の家を出ると、兄弟子とも別れ、一人で面影橋にやって来た。すでに陽も落ちつつあったので、途中の番小屋で提灯を買った。

灯籠は売ってなかったので、明日用意して、また来ることにした。今日は、なにもないが、手を合わせるだけはしておきたい。

面影橋は、ゆるく弓なりになっている。幅は二間、長さは十四、五間ほどはあるか。鄙《ひな》びたこのあたりにしては、立派な橋である。

橋の中ほどに誰かが立っていた。

ゆっくり近づくと、女だった。

ドキリとした。身体つきに覚えがある。背丈は国松より少しだけ低いくらい。すらりとしているが、わずかに猫背になっている。

——まさかな。

国松は動悸を感じながら近づいた。

だが、疑惑はふくらむばかりである。

提灯をかざした。女の顔が見えた。

おみちが佇《たたず》んでいた。

四

——幽霊か。

と、国松は思った。幽霊だってかまわない。おみちの幽霊だったら、怖くもなんともない。

さらに近づいた。

「おみち……だよな？」

恐る恐る訊いた。

女がこくり、とうなずいた。

「幽霊じゃねえよな？」

「生きてるわ」

まぎれもなく、おみちの声だった。

「ああ、よかった。ここから飛び込んで死んじまったって聞いたもんだから」

「飛び込んだところまでは本当のこと」

「そうなのか」

「心配した京楽師匠がお弟子さんといっしょに跡をつけてくれていて、飛び込んだあたしを助けてくれた。それからは師匠の家で手伝いをさせてもらってたの」

「そうだったのか。よかったな」

つくづくよかったと思った。

「国松さん、あたしを許してくれる？」

おみちは小声で訊いた。

「もちろんだ。おみちと別れてから、おいらは誰にも惚れられなくなっちまったんだぜ。忘れられなかったんだ」

「ありがとう」

抱き寄せようとしたとき、

「すまんな。邪魔するようだが、つづきはあとでやってくれ」

師匠が立っていた。

「師匠」

「一年もおめえに教えなかったのは、おれがおめえの絵の上達ぶりを確かめたかったからなんだ」

「そうなので」

「もう大丈夫、おめえは一人前の絵師としてやっていけるとわかったんで、あの絵を描いてみた。かならず引っかかると思ってたよ」

「そりゃあ、引っかかりますよ」

国松は苦笑した。

「もう一枚の面影橋の女を描いてみな。美人画だ。一枚絵でな」

「ということは？」

「ああ。おめえは戯作の挿画より美人画を描くべきだ。おれはもう、隠居する。二代目の西州亭京楽はおめえだ」

「師匠……」

泣きそうになっている国松のかたわらで、面影橋の女がかすかに微笑んでいた。

物真似奉公

風野真知雄

一

近くの松平《まつだいら》さまのお屋敷で、新たに女中を募集していると、長屋の女房が、おはなに教えてくれた。

「あんた、行ってみなよ」

と、熱心に勧めてくれる。

おはなは、母のおちよと二人暮らしである。裁縫《さいほう》の内職で、どうにか食べているが、近ごろおちよの目が悪くなって、稼ぎはずいぶん少なくなった。

すぐそこの松平さまのお屋敷なら、お手当はいいだろうし、ちょいちょいここにも顔を出せる。料理の残りものなども、さっと届けられるかもしれない。

「でも、あたしなんかねえ」

大名屋敷の女中は、町娘の憧れの仕事である。なりたくて、お茶や活け花、三味線《しゃみせん》などを習ったりする。だが、おはなに習いごとなどするゆとりはなかった。

「それがさ、そこの松平さまはちょっと変わってるんだよ」

と、長屋の女房は破顔した。

「変わってる？」

「そう。なんでもお殿さまは、珍芸が大好きで、〈ひきたん〉の物真似《ものまね》ができる娘を求めているらしいんだよ」

「物真似……」

それは自信がある。おはなは物真似が得意で、長屋の人たちはもちろん、人気の歌舞伎《かぶき》役者の物真似までできる。歌舞伎なんか木戸銭が高くて、とてもじゃないが長屋

の住人なんか観ることはできない。だが、大家さんがおはなの松本幸四郎《まつもとこうしろう》の物真似が
ぜひ見てみたいからと、連れて行ってくれた。だから、松本幸四郎はもちろん、ちょ
っとした端役《はやく》の役者の物真似までやれるようになった。
物真似は子どものころから得意だった。これはやはり才能というしかないだろう。しか
も、おはなは、人だろうが別の生きものだろうが、一目見たら特徴が頭に刻まれる。しか
も、その特徴を思い切り誇張するので、そこに笑いが生まれる。単に似せるだけより
も、そのほうが喜ばれる。
「物真似だったら、あんたに勝てる娘なんかいやしないよ」
「うん」
おはなはうなずいた。それは自信があるが、
「でも、びきたんてなに？」
と、訊いた。
わからないものの物真似は、おはなにだってできないのだ。
「あたしはわからないけど、ご隠居さんに訊いてみたら？」
「そうだね」
たぶんご隠居さんなら知っている。

二

「おう、おはなちゃん。どうした？」

鼻眼鏡をして書物を読んでいたご隠居は、気のない調子で訊いた。

「じつは、ご隠居さんにお訊きしたいことがありまして」

おはながそう言うと、ご隠居はすっと姿勢を正し、

「それはよく来てくれた。ささ、お上がり。遠慮せず、なんでも訊いておくれ」

と、大きくうなずいた。

おはなは、勧められるまま、ご隠居の家に上がった。

周囲の壁は三方とも書架になっていて、書物がぎっしり積み上げられている。こういうのを、万巻の書と言うのだそうだ。

ご隠居は、

「物知り」

と言われると、気を悪くする。

「あたしは、物知りの範疇《はんちゅう》は飛び出して、学者の域にまで入っている」のだという。いったい、何の学者なのかと訊くと、

「万物について研究しているので、いわば万物学者」

なのだそうだ。

そんなご隠居にものを訊《たず》ねたら、お金を要求されるのではないかと心配してしまうが、それはない。長屋の連中が皆、金がなくてぴいぴいしているのはよくわかっているので、そんな要求はしない。そのかわり、洗濯を三回とか、煮炊きの手伝いを三日とか、その程度で勘弁してもらえる。おはなは、肩揉みを三回ほどするつもりだった。

「ご隠居さん。びきたんってなんですか？」

おはなはいきなり訊いた。

「びきたん？」

ご隠居は、雷に撃たれたみたいに眉をひくひくさせた。

「あたし、びきたんの物真似をしなくちゃならないんですが、びきたんってなにか知らなくて。でも、ご隠居さんなら知ってるだろうと」

「もちろんだ。知ってるとも」

ご隠居は微笑んだ。

「なんなんです？」

「まず、びきのほうから教えよう」

「びき？」

「そうだよ。びきたんは、びきがたんなのさ」

「びきがたん？」

「びきというのは、生きもの全体を示す言葉だな。生きものを数えるとき、何匹と数えるだろうが」

「あ、ほんとだ」

「たんは、たんとという意味だ」

「たんと？」

「いっぱいということだよ」

「じゃあ、びきたんは、生きものがいっぱいいるっていう意味ですか？」

「そうだよ」

「あたし一人で、生きものがいっぱいいるところを真似しなくちゃいけないのかあ」

「それを一人でやってみせるのが芸というものだろうな」

「そうですよね」

おはなはやってみることにした。

生きものは猫にしようか。犬にしようか。それともほかの変わった生きものがいいか。

犬猫だとありきたりかもしれない。誰だって、「にゃあ」だの「わん」だのはできる。でも、ありきたりな生きものだからこそ、芸の凄さが出せるのではないか。

――犬にしよう。

と、おはなは思った。それも、仔犬から老犬まで、牡犬《おすいぬ》も牝犬《めすいぬ》も、腹が減った犬もいれば、病気の犬もいる、尻尾を巻いて負けた犬もいれば、勝ち誇った犬もいる。あらゆる犬たちを総動員させるのだ。

――これは、凄い芸になる……。

おはなの猛稽古が始まった。

近所の犬もよく見て回った。改めて眺めると、犬もじつにいろいろで、鳴き声一つとっても、さまざまな音色になっていた。

金持ちが飼う犬で、狆《ちん》という種類の犬がいるが、おはなは見たことがない。表通りの菓子問屋〈小田原屋《おだわらや》〉のおかみさんが飼っていると聞いたので、見に行った。ここの菓子なんか高くてとても買えないので、包み紙の御用はないかという嘘を言って、奥のほうをのぞいた。

狆はいた。おはなはよく、「狆がくしゃみをしたような顔」と言われることがあったが、自分でも似ていると思った。

――可愛いじゃないの。

愛嬌がある。愛嬌は娘にとっていちばん大事なのだ。

狆の身体は小さくて、猫と変わらない。だが、よく吠えて、激しく動き回る。そうかと思うと突然、動きをやめ、つぶらな目でじっとこっちを見つめたりする。

おはなは狆の特徴を頭に入れ、これも芸に生かす工夫をした。

三

猛稽古をつづけるうち、おはなは母の目がいちだんと悪くなっているのに気がついた。裁縫の途中で、母の指先に血がにじんでいた。誤って針を刺したのだ。

「おっかさん、駄目。血がついちゃうよ」

おはなは慌てて言った。

「あ、ほんとだ。近ごろ、よくやるんだ。目が悪いのか、手先のほうが利かなくなっているのかわかんないね」

おはなは、なんとしてもお屋敷に勤めたいと思った。

芸が完成したと思えたのは、お屋敷の面接の前日だった。

ちょっと寝不足のままお屋敷に行くと、奥に通された。

控えの部屋ができていて、そこにはおはなの他、四人の若い娘たちがいた。どの娘もきれいに着飾って、おはなは自分のみすぼらしい着物が恥ずかしかった。

四人からはちょっと離れたところに座り、互いに知り合いらしい娘たちの話に耳を傾けた。

「やっぱり他のお屋敷よりも来ている人は少ないね」

「だって、ここのは三味線とかお茶とか、せっかくお金かけて習ってたものが役に立たないんだもの」

「稽古した？」

「したけど、あんな真似なんかねえ」

娘たちの話には、なんとしても受かろうという必死さは感じられない。それだけでも、自分が勝っているという気がした。

一人ずつ呼ばれた。おはなは最後になった。

隣の部屋に入ると、いちばん奥にお殿さまらしき人がいた。頭を下げる隙にちらりとお殿さまのようすを窺った。歳は五十くらいか。痩せて、なんだか癇《かん》の強そうな顔にも見えた。お殿さまというのは、たいがいでっぷり肥っているのかと思っていたが、それは意外だった。

お殿さまの両脇には、たぶんお小姓というのだろう、若い武士二人がいた。さらに、ずっと手前には六十前後くらいの髪の薄くなった武士がいて、

「では、さっそく始めてくれ」

と、言った。

「はい」

おはなはうなずくやいなや、

「うー、がるがるがる、きゃんきゃんきゃん、わんわんわんわん」

と、鳴き、喚《わめ》き、身体をばたばたさせ、転げ回った。苦労のあげく、ようやく完成

させた珍芸である。

「なんと」

お殿さまが目を瞠《みは》り、唖然としているのはわかった。また、お小姓たちの、

「狆だ。あれは狆だろう」

「凄い、何十匹いるんだ？」

という、思わずあげた声も聞こえた。

一通り稽古したことをやり終え、息を切らして、

「これでお終《しま》いです」

と、頭を下げた。

「お終い？　びきたんはいつ出るのだ？」

髪の薄くなった武士が訊いた。

「いまのが、びきたんですが」

「あれがびきたん？」

「何匹と数える生きものが、たんといるか

らびきたん、ですよね？」

「いや、知らなかったのか。江戸ではかわずとかカエルとか呼ぶが、わが国許では皆、びきたんと呼ぶのだ」

「びきたんはカエルのことだったんですか……」

おはなは愕然とした。

——ご隠居さんたら、嘘ばっかり……。

ご隠居を恨んだ。

それにしても、カエルの物真似だなんて。お殿さまなんていい気なもんだ。こんな稽古してる暇があったら、一枚でも縫い物を仕上げればよかったのだ……。

おはなはここに来たことを後悔した。

四

「殿。今回はあの、おせっですな」

江戸家老の田中三太夫《たなかさんだゆう》が言った。

おせつというのは、おはなの前に芸を披露した娘である。ガマガエルを巧みに真似て、しかも用意してきた人形を背中に載せ、天竺徳兵衛《てんじくとくべえ》のガマになったところまでやってみせた。

「うむ。そうじゃな。だが、わしはおはなも捨て難いのだ」

藩主である松平薩摩守《さつまのかみ》は眉根に皺《しわ》を寄せて言った。

「確かに熱演は認めますが」

「かなり稽古をしたのは、間違いない。あの娘の指先を見たか?」

「指先ですか?」

「たこになっていたぞ」

「ですが、二人雇うとなると」

三太夫は渋った。

「予算があるか?」

「はい」

「そなた、近ごろ、物騒だから腕っぷしの強い中間《ちゆうげん》を雇うと申しておったな」

「ええ。どうしても、そっちにかかりますので」

「それはいまいる中間たちに武芸の稽古をつければよいではないか」

「ううむ」

三太夫の渋面を見ながら、松平薩摩守は考えた。

薩摩守は、三年前から女中を雇うのに、変わった募集をかけるようにした。それは創意工夫ができる女中が欲しいからだった。

藩の財政は厳しい。といって、国許の年貢を上げるようなことはしたくない。江戸屋敷でもかかりを少なくしたい。そういうとき、創意工夫ができる女中が頼りになるのだ。倹約の知恵を出し、しかも実行してくれるのは、そういう娘たちだった。

だが、頑固者の三太夫を説得するのは容易ではない。

「おせつ。入れ」

と、髪の薄い武士が呼んだ。

「はい」

おせつはさっきの部屋に入った。

これで決まった。おはなが力尽きたように帰り支度をしていると、

「もう一人。おはな」

と、呼ばれた。

「え？」

「さあ、入るがよい」

おはなはなんだかわからないまま、さっきの部屋に入った。

「おはなにも来てもらうことにした。よいな？」

「もちろんです。でも……？」

なぜ、自分が選ばれたのかが解せない。

すると、奥にいた痈の強そうな顔の殿が、柔らかい笑顔を見せて、こう言ったのだった。

「近ごろは物騒なもので、大名屋敷も泥棒に狙われるのじゃ。だが、何十四も番犬がいるような屋敷だったら、泥棒も入れまい。おはな、庭の夜回りはそなたの役目だぞ」

略歴

風野真知雄（かぜの・まちお）

1951年、福島県生まれ。'93年「黒牛と妖怪」でデビュー。主な著書に『わるじい秘剣帖』（双葉文庫）、『大名やくざ』（幻冬舎時代小説文庫）、『占い同心 鬼堂民斎』（祥伝社文庫）などの文庫書下ろしシリーズなど。2015年、『耳袋秘帖』シリーズ（文春文庫）で第4回歴史時代作家クラブ賞シリーズ賞を、『沙羅沙羅越え』（角川文庫）で第21回中山義秀文学賞を受賞。近刊に『潜入味見方同心（四） 謎の伊賀忍者料理』（講談社文庫、'22年4月刊行予定）。

稲葉 稔（いなば・みのる）

1955年、熊本県生まれ。脚本家、放送作家などを経て、'94年作家デビュー。著書に『研ぎ師人情始末』シリーズ、『剣客船頭』『隠密船頭』シリーズ（光文社文庫）をはじめ、『浪人奉行』シリーズ（双葉文庫）、『喜連川の風』『大河の剣』シリーズ（角川文庫）、『怪盗鼠推参』シリーズ（幻冬舎時代小説文庫）、『武士の流儀』シリーズ（文春文庫）などがある。2020年、『隠密船頭』シリーズが第9回日本歴史時代作家協会賞文庫書き下ろしシリーズ賞を受賞。

輪渡颯介（わたり・そうすけ）

1972年、東京都生まれ。明治大学卒業。2008年に『掘割で笑う女 浪人左門あやかし指南』で第38回メフィスト賞を受賞し、デビュー。怪談と絡めた時代ミステリーを独特のユーモアを交えて描く。『古道具屋 皆塵堂』シリーズに続いて『溝猫長屋 祠之怪』シリーズも人気に。他の著書に『ばけたま長屋』『悪霊じいちゃん風雲録』などがある。近刊に『髪追い 古道具屋 皆塵堂』（講談社文庫、'22年4月刊行予定）。

岡本さとる
（おかもと・さとる）

１９６１年、大阪市出身。立命館大学卒業。松竹株式会社入社後、新作歌舞伎脚本懸賞に入選。'86年、南座「新必殺仕事人　女因幡小僧」で脚本家デビュー。'92年、松竹退社。フリーとなり、脚本、演出を手がける。２０１０年、小説家デビュー。『取次屋栄三』（祥伝社文庫）、『居酒屋お夏』（幻冬舎時代小説文庫）、『駕籠屋春秋　新三と太十』（講談社文庫）など人気シリーズを次々上梓。近刊に『八丁堀強妻物語』（小学館文庫）がある。

泉ゆたか
（いずみ・ゆたか）

１９８２年、神奈川県逗子市生まれ。早稲田大学卒業、同大学院修士課程修了。２０１６年に『お師匠さま、整いました！』で第11回小説現代長編新人賞を受賞しデビュー。'19年『髪結百花』（角川文庫）で第1回日本歴史時代作家協会賞新人賞、第2回細谷正充賞をダブル受賞。著書に『幼なじみ　お江戸縁切り帖』（集英社文庫）、『朝の茶柱　眠り医者ぐっすり庵』（実業之日本社文庫）など。

三國青葉
（みくに・あおば）

兵庫県生まれ。お茶の水女子大学大学院理学研究科修士課程修了。２０１２年「朝の容花《かおばな》」で第24回日本ファンタジーノベル大賞優秀賞を受賞、『かおばな憑依帖』と改題してデビュー［文庫で『かおばな剣士妖夏伝　人の恋路を邪魔する怨霊』（新潮文庫ｎｅｘ）に改題］。主な著書に『忍びのかすていら』（招き猫文庫）、『心花堂手習ごよみ』（時代小説文庫）、『損料屋見鬼控え』シリーズ（講談社文庫）など。

吉森大祐
（よしもり・だいすけ）

１９６８年、東京都生まれ。慶応義塾大学文学部卒業。大学時代より小説を書き始めるも、'93年に某電機メーカーに入社。40代半ばにまた小説を書き出し、２０１７年『幕末ダウンタウン』で第12回小説現代長編新人賞、'20年『ぴりりと可楽！』で第3回細谷正充賞を受賞する。他の著書に『逃げろ、手志朗』『うかれ十郎兵衛』（以上、講談社）がある。

初出／小説現代二〇二一年一〇月号

五分後《ごふんご》にホロリと江戸人情《えどにんじょう》

風野真知雄《かぜのまちお**》　稲葉《いなば》 稔《みのる》　輪渡颯介《わたりそうすけ》　岡本《おかもと》さとる

泉《いずみ》 ゆたか　三國青葉《みくにあおば》　吉森大祐《よしもりだいすけ》

講談社文庫

定価はカバーに
表示してあります

2022年3月15日第1刷発行

KODANSHA

発行者――鈴木章一
発行所――株式会社 講談社
東京都文京区音羽2-12-21　〒112-8001
電話 出版 (03) 5395-3510
　　 販売 (03) 5395-5817
　　 業務 (03) 5395-3615

Printed in Japan

デザイン―菊地信義
本文データ制作―講談社デジタル製作
印刷―――豊国印刷株式会社
製本―――株式会社国宝社

ISBN978-4-06-527373-9

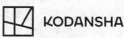

講談社文庫刊行の辞

二十一世紀の到来を目睫に望みながら、われわれはいま、人類史上かつて例を見ない巨大な転換期をむかえようとしている。

世界も、日本も、激動の予兆に対する期待とおののきを内に蔵して、未知の時代に歩み入ろうとしている。このときにあたり、創業の人野間清治の「ナショナル・エデュケイター」への志を現代に甦らせようと意図して、われわれはここに古今の文芸作品はいうまでもなく、ひろく人文・社会・自然の諸科学から東西の名著を網羅する、新しい綜合文庫の発刊を決意した。

激動の転換期はまた断絶の時代である。われわれは戦後二十五年間の出版文化のありかたへの深い反省をこめて、この断絶の時代にあえて人間的な持続を求めようとする。いたずらに浮薄な商業主義のあだ花を追い求めることなく、長期にわたって良書に生命をあたえようとつとめるところにしか、今後の出版文化の真の繁栄はあり得ないと信じるからである。

同時にわれわれはこの綜合文庫の刊行を通じて、人文・社会・自然の諸科学が、結局人間の学にほかならないことを立証しようと願っている。かつて知識とは、「汝自身を知る」ことにつきていた。現代社会の瑣末な情報の氾濫のなかから、力強い知識の源泉を掘り起し、技術文明のただなかに、生きた人間の姿を復活させること。それこそわれわれの切なる希求である。

われわれは権威に盲従せず、俗流に媚びることなく、渾然一体となって日本の「草の根」をかたちづくる若く新しい世代の人々に、心をこめてこの新しい綜合文庫をおくり届けたい。それは知識の泉であるとともに感受性のふるさとであり、もっとも有機的に組織され、社会に開かれた万人のための大学をめざしている。大方の支援と協力を衷心より切望してやまない。

一九七一年七月

野間省一

講談社文庫 最新刊

ルシア・ベルリン
岸本佐知子 訳
掃除婦のための手引き書
〈——ルシア・ベルリン作品集〉
死後十年を経て「再発見」された作家の、奇跡の文学。大反響を呼んだ初邦訳集が文庫化。

佐々木裕一
決 着 の 閧《とき》
〈公家武者 信平《のぶひら》(十二)〉
急転！ 京の魑魅《すだま》・銭才《せんさい》により将軍が囚われた。巨魁と信平の一大決戦篇、ついに決着！

神津凛子
マ マ
目を覚ますと手足を縛られ監禁されていた！ シングルマザーを襲う戦慄のパニックホラー！

京極夏彦
文庫版 **地獄の楽しみ方**
あらゆる争いは言葉の行き違い——。地獄のようなこの世を生き抜く「言葉」徹底講座。

島本理生
夜はおしまい
誰か、私を遠くに連れていって——。女の「生」と「性」を描いた、直木賞作家の真骨頂。

瀬戸内寂聴
97歳の悩み相談
97歳にして現役作家で僧侶の著者が、若い世代の悩みに答える、幸福に生きるための知恵。

中村天風
叡智のひびき
〈天風哲人箴言注釈《しんげんちゅうしゃく》〉
『運命を拓く』で注目の著者の、生命《いのち》あるメッセージがほとばしる、新たな人生哲学の書！

ラトナ・サリ・デヴィ・スカルノ
選ばれる女におなりなさい
〈デヴィ夫人の婚活論〉
運命の恋をして、日本人でただ一人、海外の国家元首の妻となったデヴィ夫人の婚活術。

森 博嗣
アンチ整理術
〈Anti-Organizing Life〉
ものは散らかっているが、生き方は散らかっていない人気作家の創造的思考と価値観。

講談社文芸文庫

柄谷行人
柄谷行人対話篇Ⅱ 1984－88
精神医学、免疫学、経済学、文学、思想史学……生きていくうえでの多岐にわたる関心に導かれるようになされた対話。知的な刺戟に満ちた思考と言葉が行き交う。

978-4-06-527376-0
かB19

柄谷行人
柄谷行人対話篇Ⅰ 1970－83
デビュー以来、様々な領域で対話を繰り返し、思考を深化させた柄谷行人の対談集。第一弾は、吉本隆明、中村雄二郎、安岡章太郎、寺山修司、丸山圭三郎、森敦、中沢新一。

978-4-06-522856-2
かB18

講談社文庫　目録

2021 年 12 月 15 日現在